KB262152

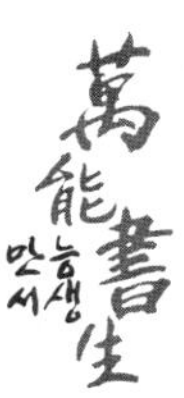

이영기 新무협 판타지 소설 FANTASTIC ORIENTAL HEROES

만능서생 2

임영기 新무협 판타지 소설

초판 1쇄 찍은 날 § 2012년 7월 30일
초판 1쇄 펴낸 날 § 2012년 8월 6일

지은이 § 임영기
펴낸이 § 서경석

편집부장 § 권태완
편집책임 § 주소영
본문 디자인 § 이혜정

펴낸곳 § 도서출판 청어람
등록번호 § 제1081-1-89호
등록일자 § 1999. 5. 31
어람번호 § 제2-2245호

주소 § 경기도 부천시 원미구 심곡2동 163-2 서경B/D 3F (우) 420-822
전화 § 032-656-4452 팩스 § 032-656-4453
http://www.chungeoram.com
E-mail § chungeoram@chungeoram.com

ⓒ 임영기, 2012

ISBN 978-89-251-2962-4 04810
ISBN 978-89-251-2960-0 (세트)

萬能書生

만능서생

임영기 新무협 판타지 소설 FANTASTIC ORIENTAL HEROES

그림 속의 절학

2

청어람

目次

第十一章 공범자

萬能書生

일순 광폭도의 깊숙하게 가라앉은 눈에서 흐릿한 안광이 흘러나왔다.

누군가를 죽이기 직전에 살심을 품으면 그의 눈에서 그런 안광이 저절로 뿜어진다.

소선개와 개방제자들은 광폭도에 비해서 형편없는 수준이지만 어쨌든 살인을 한다는 것은 언제나 묘하게 가슴이 들뜨는 일이다.

이윽고 그는 저 아래 골목 안쪽에 모여 있는 용비와 소선개를 향해서 날아가려고 슬쩍 발끝으로 지붕을 구르면서 어깨를 흔들었다.

"……."

그런데 어찌 된 일인지 두 발과 어깨가 움직여지지 않았다. 다시 한 번 시도해 봤으나 여전히 요지부동이다.

무슨 일인가 싶어서 자신의 몸을 보려고 하는데 그것마저도 뜻대로 되지 않았다.

어깨뿐만이 아니라 온몸이 보이지 않는 질긴 줄에 꽁꽁 묶여 버린 것처럼 요지부동이었다.

그래서 그는 자신도 모르는 사이에 누군가에게 제압되었다는 사실을 깨닫고 온몸에 소름이 좍 끼쳤다.

광폭도는 일류 중에서도 상급에 속하는 고수다. 절강 무림의 제일인자 자리를 놓고 다투는 천추문주나 신룡보주하고 일대일로 싸운다고 해도 최소한 백초 정도는 팽팽하게 싸울 수 있을 정도의 실력자인 것이다.

그런 자신을 쥐도 새도 모르게 제압했으니 상대는 절정고수가 분명하다. 광폭도로서는 추호도 예상하지 못했던 일이 벌어졌다.

극도로 긴장하고 초조해진 그는 공력을 극한으로 끌어올려 제압에서 풀려나려고 전력을 다했으나 헛수고였다.

어떤 혈도를 어떻게 제압됐는지도 모르는 상태에서 해혈을 한다는 것은 무리다.

아무것도 감지하지 못하고 느끼지 못한 상태에서 제압되다니 어처구니없는 일이다.

한 번 반격이라도 해보고 당했으면 덜 억울할 것이다. 하지만 이것은 엄연한 현실이다.

'빌어먹을.'

그는 자신이 이처럼 무력하다는 것이 믿어지지 않았다. 자신이 한 마리 벌레보다 못한 존재라는 생각이 들었다.

방금 전까지만 해도 소선개와 개방제자들을 죽이고 용비를 제압하려고 생각하면서 기분 좋은 살심을 일으켰던 그는 순식간에 참담한 지경에 처하고 말았다.

스으으.

그런데 그때 광폭도의 몸이 천천히 뒤쪽으로 돌려 세워졌다. 그를 제압한 상대가 무형의 기운으로 돌려세우고 있는 것이다. 그는 비로소 자신을 제압한 상대가 누군지 알 수 있게 되었다.

다음 순간 광폭도는 한 사람을 발견하고 몸을 부르르 세차게 떨었다.

전면 십여 장 거리 야공에 아무것도 딛지 않은 채 표홀히 우뚝 서 있는 한 사람을 발견한 것이다. 그는 바로 용비의 사부 완사였다.

완사를 쳐다보는 광폭도의 두 눈이 화등잔처럼 커졌다.

'마… 만절기황(萬絶奇皇)…….'

사실 광폭도가 항주에 온 목적은 만절기황을 찾기 위해서였다. 물론 그가 속해 있는 절대십천에서는 만절기황이 어디에 있는지 짐작조차 못하고 있었다.

절대십천에서는 십오 년 전부터 비밀리에 만절기황을 찾고 있었다.

절대십천의 열 명의 절대자는 어떤 대가를 치르더라도 만절기황을 찾아야만 하는 과제가 있기 때문에 그 일에 필사적이었다.

하지만 뜻을 이루지 못하자 몇 년 전부터는 방법을 바꿔서 절대십천의 광폭도 수준의 고수 백여 명을 천하 곳곳으로 파견하여 만절기황을 찾으려고 시도했다. 그리고 광폭도가 맡은 지역이 항주였다.

드디어 광폭도는 운 좋게도 항주에 온 지 보름 만에 만절기황을 찾아내는 데 성공했다.

그러나 그 운은 빛나보지도 못하고 꺼지려 하고 있다. 광폭도의 생명과 함께.

광폭도는 만절기황이 손을 들어 올려서 중지를 슬쩍 구부렸다가 펴는 것을 마지막으로 보았다.

퍼어.

"컥!"

　보이지 않는 무형의 기운이 광폭도의 미간 한복판을 정통으로 관통했다. 그것으로 광폭도는 즉사했다.

　"설마……."

　용비의 간략하면서도 핵심적인 내용만을 추린 설명을 듣고 난 소선개는 얼굴이 사색으로 변했다.

　평소에 늘 웃는 얼굴이라서 소선개라는 별호를 얻었지만 지금 그는 저승사자에게 목이 잡혀 있는 듯한 표정이다.

　소선개는 용비를 먹잇감으로 여기고 있는 만큼 그에 대해서 자세히 조사를 했었다.

　그래서 그에 대해 많은 것들을 알게 되었는데, 지금 이 상황에 적절하게 적용되는 것은 그가 절대로 거짓말을 하지 않는 성격이라는 사실이다.

　그러므로 용비가 방금 설명한 내용은 모두 사실이라는 얘기다. 그리고 하나 더, 막 설명을 끝낸 용비의 표정은 소선개가 평소에 알고 있는 오싹하고 소름끼치는 그것에 비해서 열 배는 더 지독한 분위기의 표정이다. 이런 표정을 지으면서 절대로 거짓말을 할 리가 없다.

　한겨울에 알몸으로 벌판에 서 있는 것처럼 소선개는 부르르 온몸을 떨었다.

　용비는 소선개에게 거짓말을 하지 않고 사실대로 모두 말해주었다. 현재로선 거짓말을 할 이유가 없기 때문이다.

그러나 사실 용비도 드물게 거짓말을 한다. 선의의 거짓말이나 이득을 위해서라면 죄의식 같은 것은 느끼지 않고 거짓말을 한다.

그런데 거짓말이 워낙 감쪽같아서 사람들에게 그가 절대로 거짓말을 하지 않는 사람으로 비춰지는 것이다.

"그… 게 사실이냐?"

소선개는 사실일 것이라고 믿고 있으면서도 입으로는 그렇게 물었다.

용비는 묵묵히 고개를 끄덕였다. 그는 이제 소선개가 사우당을 괴롭히는 일은 없을 것이라고 생각했다. 소선개 자신의 목숨이 걸린, 아니, 그보다 훨씬 더 중대한 사실을 알게 됐으므로 사우당에서 보호비를 뜯어내는 것쯤은 이제 머릿속에서 깡그리 지워졌을 것이다.

소선개가 사색이 된 얼굴로 용비를 쳐다보았다.

"이봐… 나 어떻게 해야 되느냐?"

용비는 내일 밤에 사우당에서 광폭도를 만나기로 했다. 그런데 광폭도는 사우당에 오기 전에 소선개를 죽여주겠다고 말했다.

소선개로서는 엎친 데 덮친 격이다. 그는 아까 저녁 나절에 자신의 수하 세 명을 미령루로 보내서 용비 어머니 미령에게 겁을 조금 주라고 시켰었다.

그런데 한참 후에 수하 세 명이 모두 팔다리가 부러져서 기다시피 화영 조단에 도착해서 미령루에서 있었던 일들을 설명했다.

마른하늘에 날벼락을 맞은 소선개는 식겁했다. 어째서 천추문의 소문주들이 일개 외겁인의 집에 나타나서 용비를 비호하는 것인지는 나중 문제다.

소선개가 보호비를 뜯어내고 있다는 사실이 천추문에 알려졌고, 내일 아침에 날이 밝는 대로 개방 항주 분타주가 천추문에 찾아가서 백배사죄를 해야 한다는 사실 때문에 머리에 쥐가 날 지경이었다.

그래서 소선개는 항주 분타주에게는 보고도 하지 않은 채 화영 조단에 틀어박혀서 수하들하고 이 일을 어찌해야 좋은지 악을 써가면서 상의를 했었다.

아까 용비가 화영 조단 근처 골목 어귀에 숨어 있다가 들은 소리는 소선개 등이 술 마시면서 웃는 소리가 아니라 대책을 강구하느라 악다구니를 쓰는 소리였던 것이다.

그리고 마침내 소선개는 결론을 내렸다. 일단 용비를 찾아내어 죽여서 시체를 감쪽같이 태워 버리기로 했다.

얼핏 과격하고 무책임한 방법 같지만, 사자무언(死者無言) 죽은 자는 말을 하지 못한다.

그러면 모든 것은 소선개가 자기에게 유리한 대로 꾸며대면 되는 것이다.

용비가 자기에게 돈을 빌렸는데 갚지 않고 도망만 다니고 있다는 등 변명거리는 수없이 많다.

그것은 천추문 소문주 한정과 용비가 얽힌 사연을 소선개가 알지 못하기 때문에 나온 방법이다. 만약 소선개가 용비를 죽인다면 모르긴 해도 그 자신은 물론이고 개방 항주 분타 전체가 살아남지 못할 것이다.

그런데 그것은 조금 전까지의 문제였다. 지금은 그게 문제가 아니다. 광폭도가 내일 밤에 자신을 죽이려 하고 있다는 것이 아닌가.

그래서 소선개는 자기가 죽이려고 했던 용비에게 나 어떻게 하면 좋으냐고 외려 묻는 웃지 못할 상황이 벌어지고 있다.

소선개는 거의 울상이다.

"용비야, 제발 네가 광폭도에게 나를 죽이지 말라고 말해다오…… 응?"

용비는 고개를 가로저었다.

"나는 그가 어디에 있는지 모른다."

"으으… 이런 염병할. 그럼 나더러 죽으라는 말이냐?"

털썩!

그런데 그때 소선개 뒤쪽 골목 밖 대로에서 뭔가 둔탁한 소리가 들렸다.

"으앗!"

자라 보고 놀란 가슴 솥뚜껑 보고 놀란다고 소선개는 깜짝 놀라서 급히 뒤돌아보았다.

뒤쪽에 있던 개방제자 두어 명이 대로 쪽으로 달려가더니 곧 악을 쓰며 소선개를 불렀다.

"우왓! 조, 조장! 빨리 와보십시오!"

소선개는 그 자리에서 움직이지 않은 채 뺙 소리쳤다.

"이 새끼들아! 내가 지금 그런 거 볼 상황이냐?"

그런데 대로 쪽에서 다시 들려온 외침에 소선개는 궁둥이에 불이 붙은 것처럼 달려갔다.

"여기에 죽은 시체가 광폭도 같습니다!"

"뭣이라?"

대로 가장자리에 밤하늘을 보고 대자로 죽어 있는 자는 광폭도가 분명했다.

'음! 그자가 맞다."

용비가 무거운 신음을 흘리며 확인을 해주었다.

소선개는 광폭도를 한 번도 본 적이 없지만 얼굴은 익히 인지하고 있다.

개방은 천하제일의 소식통을 자랑한다. 그러므로 개방제자라면 평소에 무림의 일류 이상 고수들에 대해서 부단히 공부를 하고 숙지해야만 한다.

소선개의 머리에 저장되어 있는 광폭도의 모습은 지금 그의 앞에 죽어 있는 사내의 모습과 일치한다.

"광폭도가 죽다니……."

소선개는 완전히 정신이 나간 듯한 표정으로 죽은 광폭도 주변을 서성거렸다.

이것은 광폭도가 소선개를 죽이려고 한 것보다 더 중대한 사건이다.

절대십천의 인물이 소선개를 죽이려고 하다가 그 전날 밤에 오히려 죽임을 당한 것이다.

무림의 대들보이며 태산북두인 구파일방을 비롯하여 천하 정파와 사파, 마도의 모든 방파와 문파들이 절대십천의 지배 하에 있는 것이 당금무림의 실정이다.

절대십천이 존재하기에 무림이 존재하는 것이고, 그들이 엄격한 법을 정하여 천하무림을 지배하고 있기에 천하가 태평성대를 구가하고 있는 것이라고 모두들 믿고 있다.

그런데 절대십천의 인물이 항주 한복판에서 소선개를 죽이기 전날에 죽임을 당했으니 이게 어디 보통 일이겠는가.

광폭도는 눈을 부릅뜨고 입을 반쯤 벌린 상태에서 경악과 두려움을 얼굴에 떠올린 채 죽어 있었다.

그것은 그를 죽인 상대가 그조차도 경악과 두려움에 떨게 만들 정도의 굉장한 인물이었다는 뜻이다.

광폭도의 미간에는 손톱 크기의 구멍이 뚫려 있는데 피는 한 방울도 흘러나오지 않았다.

소선개는 수하 개방제자들에게 주위를 샅샅이 수색하라고 지시했다.

용비는 조심스럽게 주위를 두리번거리면서 누굴 찾는 듯했다. 그는 사부 완사가 광폭도를 죽였을 것이라고 믿었다. 용비가 사부에게 광폭도에 대해서 설명해 주었으며, 사부는 걱정하지 말라고 말했었다. 그래서 용비는 지금 사부를 찾고 있는 것이다.

하지만 주위는 괴괴한 적막에 휩싸여 있을 뿐 사부의 모습은 어디에서도 보이지 않았다.

화르르.

항주 성밖 남쪽의 전당강 강가 인적이 완전히 끊어진 으슥한 곳에서 거센 불길이 치솟아오르고 있었다.

제단처럼 수북이 쌓아올린 마른 나무더미가 맹렬하게 타오르고 있다.

그런데 나무더미 위에서 한 구의 시체가 불길에 휩싸인 채 타는 중이다.

시체는 광폭도다. 용비와 소선개는 광폭도의 시체를 아무도 모르게 처리하는 데 의견의 일치를 보았다.

소선개는 광폭도의 죽음으로 인하여 자신과 개방이 절대 십천의 표적이 되지 않기 위해서 용비에게 광폭도의 시체를 태워 버리자고 제안했다.

용비는 사부가 광폭도를 죽였을 것이라고 믿기 때문에 사부를 위해서 소선개의 제안에 동의했다.

이후 소선개의 수하들이 광폭도의 시체를 이곳으로 옮겨 와서 마른나무를 모아 단을 만들고 태우기까지는 일사천리로 진행되었다.

야트막한 언덕에 나란히 서서 광폭도의 시체가 타고 있는 것을 주시하는 용비와 소선개의 얼굴에 불빛이 반사되어 벌겋게 일렁거렸다.

소선개는 눈도 깜빡이지 않으면서 불길을 쏘아보며 굳은 표정으로 중얼거렸다.

"이 일은 무덤까지 비밀을 지켜야 한다."

용비가 대답이 없자 소선개는 슬쩍 인상을 쓰면서 그를 쳐다보며 언성을 높였다.

"비밀을 지키지 않겠다는 것이냐?"

“네 수하들 입단속이나 잘 시켜라.”

용비가 불길을 주시하며 조용히 대답하자 소선개는 불길 주위에 서 있거나 누가 오는지 경계하고 있는 개방제자들을 둘러보면서 어깨를 으쓱거렸다.

“내 수하들은 형제나 같다. 그건 염려 마라.”

어제의 적이 지금은 공범자가 되었다.

＊　　　＊　　　＊

다음날 아침 출근 시간인 진시(辰時:8시)를 일각쯤 남겨둔 시간에 용비는 천추문 측문에 도착했다.

그는 어젯밤에 소선개와 함께 전당강 강변에서 광폭도의 시체를 태운 후에 집으로 가지 않고 사우당의 세 친구와 객잔에서 함께 잤다.

그러면서 소선개의 일이 깨끗이 끝났으니 내일부터는 다시 사우당의 일을 계속할 수 있다고 알려주었다. 현도와 낙혼, 요조가 뛸 뜻이 기뻐한 것은 당연하다.

하지만 거기에 얽힌 얘기는 한마디도 하지 않았다. 소선개와의 약속도 있지만, 사우당의 친구들이 알아서 좋을 것이 하나도 없기 때문이다.

비밀이란 알게 되면 위험하고 모르는 것이 안전하다. 뜻밖의 죽음을 당하는 사람의 대부분은 몰라도 될 비밀을 알았기 때문인 경우가 많다.

낯선 사내 광폭도가 죽음으로써 용비는 다시 일상으로 복귀할 수 있게 되었다.

그의 일상에서 변한 것은 없다. 광폭도의 죽음에 대해서 용비와 소선개, 개방제자들이 비밀을 지키는 한 모두 안전할 것이다.

출근 시간에는 천추문 측문 옆의 작은 쪽문이 활짝 열려 있으며, 그곳으로 출근하는 하인이나 숙수 등이 줄지어 들어가고 있었다.

용비는 여느 때처럼 자연스럽게 사람들 속에 섞여서 들어가다가 지키고 있던 무사들의 제지를 받았다.

아니, 제지라기보다는 무사 두 명이 다짜고짜 그를 어디론가 데리고 갔다.

하지만 용비를 함부로 대하지는 않았다. 두 명의 무사는 매우 정중한 언행으로 그를 안내하면서 한 명은 앞서고 한 명은 뒤따랐다.

용비는 반사적으로 이 일이 광폭도의 죽음과 관련이 있을 것이라고 직감했다. 그렇지 않고는 이런 일이 일어날 수 없기 때문이다.

자신의 방에서 초조하게 기다리고 있던 한정은 반색을 하며 예쁜 목소리로 노래를 부르듯이 외쳤다.

"용 공자가 도착했다고요?"

그녀는 지난밤에 미령루에서 자정이 다 되도록 용비를 기다렸으나 끝내 만나지 못하고 실망을 금치 못한 채 천추문으로 돌아와야만 했었다.

하지만 숙객당 주방의 방 숙주로부터 용비가 무단으로 결근을 한 적이 한 번도 없다는 말을 듣고 안심했다. 하룻밤만 지나면 그를 만날 수 있기 때문이다.

한정은 밤새 한숨도 못 자고 거의 뜬눈으로 새웠다. 날이 새면 용비를 만날 수 있다는 기대 때문에 도무지 잠이 오지 않았다.

그런데 방금 출근하는 용비를 무사들이 이곳으로 데려오고 있다는 전갈을 받은 것이다.

한정은 거울 앞에서 옷매무새와 얼굴을 다시 한 번 가다듬고는 서둘러 밖으로 나갔다.

이제 잠시 후면 용비를 만난다는 생각에 가슴이 마구 두근거리고 얼굴이 화끈거렸다.

그래서 이대로 용비를 만나면 추한 꼴을 보일 것만 같아서 그 자리에 멈추고 두 손으로 가슴을 지그시 누르면서 심호흡을 하며 진정하려고 애썼다.

하지만 가슴은 더 심하게 쿵쾅거렸고 온몸의 피가 온통 얼굴로 몰린 것처럼 확확 달아올라서 어쩔 수 없이 대전으로 향했다.

때마침 오빠 한무군도 무사의 보고를 받고 급히 대전으로 나오다가 한정과 마주쳤다.

그는 평소의 모습이 아닌 한정을 보고 적잖이 놀랐다. 그녀는 화사한 새 옷을 입고 엷은 화장을 해서 한무군조차도 보는 순간 잠시 멍해질 정도로 아름다웠다.

그런데 그녀의 얼굴이 노을처럼 발갛게 달아올라 있는 것을 보고는 미소를 지으며 농담을 던졌다.

"하하하! 정아! 화장을 너무 짙게 한 것이 아니냐?"

한정은 농담을 진짜로 받아들이고 깜짝 놀랐다.

"정말 그런가요? 평소에 하지 않던 화장을 해서 그런가? 어쩌면 좋아……."

"얼마나 화장을 짙게 했으면 얼굴이 온통 홍시처럼 빨갛지 않느냐?"

"오라버니!"

한정은 흥분으로 가슴이 두근거리는데다 한무군이 놀리기까지 하자 얼굴이 더 달아올라서 어쩔 줄 몰라 했다.

용비는 몹시 긴장하고 초조했으나 얼굴에는 전혀 드러나지 않은 채 묵묵히 무사의 뒤를 따랐다.

그런데 그가 숙객당 주방 앞을 지날 때 많은 사람들이 주방 앞에 나와 있었다.

그들은 주방의 숙수와 내겸인, 외겸인들인데 용비를 보려고 나와 있는 것이다. 영문을 모르는 그들은 얼굴에는 걱정 어린 표정이 떠올라 있었다.

용비는 그들 중에서 주방 내겸인 지연화와 숙객당 내겸인 소진진, 자신의 동료인 마강을 발견했다.

그런데 용비는 세 사람의 얼굴에서 뭔가 다급하고 초조한 표정을 읽었다. 그래서 자신이 모르는 무슨 일이 있다는 것을 직감했다.

그때 용비와 소진진의 시선이 마주쳤다. 용비를 짝사랑하고 있는 소진진의 눈에는 눈물이 가득 고여 있었다. 그런데 소진진은 입을 벙긋거리면서 무슨 말인가 했다. 말은 나오지 않고 입만 벙긋거리는 것이다.

'완사가 계시지 않아. 어젯밤에 사라졌어.'

소진진이 두 번 연거푸 하는 말은 그런 뜻이 분명했다. 그녀는 용비가 알아듣지 못한 것 같아서 계속 입을 벙긋거리면서 같은 말을 반복하고 있었다.

'사부께서 어젯밤에 사라지셨다고?

용비는 움찔했다. 그는 어젯밤에 완사가 광폭도를 죽였을 것이라고 믿고 있다.

그는 자신의 추측이 적중했다고 판단했다. 광폭도의 죽음과 완사가 사라진 것, 그리고 자신이 무사들에게 끌려가는 것이 연관이 있을 것이라는 사실이다.

사부 완사는 숙객당을 벗어나는 일이 거의 없었다. 소진진은 숙객당 내겸인이고 용비가 완사를 몹시 잘 따른다는 사실을 알고 있기 때문에 평소 각별하게 완사에게 신경을 쓰는 편이다.

그런 그녀가 지금 완사가 사라졌음을 용비에게 안타깝게 알려주고 있는 것이다.

천추문에 완사가 없다면 더 이상 용비도 이곳에 있을 이유가 없다.

용비는 즉시 삼원심법을 운공하여 양팔에 청룡공을 주입시켰다. 하지만 무사들을 죽이고 싶지 않아서 절반의 청룡공만 주입했다.

주방 앞을 벗어나 담을 따라서 십여 장쯤 걸어가는 도중에 만반의 준비를 하고 있던 용비는 느닷없이 오른손을 뻗어 앞선 무사의 등 한복판을 주먹으로 가격했다. 그리고는 바로 빙글 몸을 돌려 뒤쪽에서 따라오던 무사의 어깨를 강타했다.

퍼퍽!

"으악!"

용비가 전개한 것은 보잘것없는 오룡십이술이지만 워낙 창졸간에 급습을 했고, 두 명의 무사는 완전히 방심을 하고 있었기 때문에 손쓸 새도 없이 당하고 말았다.

불시에 급습을 당한 두 무사는 앞으로 고꾸라지고 뒤로 자빠지며 비명을 터뜨렸다.

휘익!

용비는 전력으로 담을 향해 달려갔다. 두 무사의 비명 소리가 너무 처절한 것이 신경 쓰였으나 앞만 보고 죽어라고 달려가서 담 근처에 있는 나무로 기어올랐다가 번쩍 담 밖으로 몸을 날렸다.

만약 평소의 그였다면 이렇게 높은 나무에 기어오르는 것이나, 무려 일 장 거리의 담을 향해 몸을 날린 것, 담 너머 땅바닥에 내동댕이쳐졌으면서도 벌떡 일어나 달려가는 것 중 어느 것 하나도 제대로 해내지 못했을 것이다. 아니, 자신조차 없었을 것이다.

그는 뒤도 돌아보지 않고 달려서 잠시 후에 거리의 인파 속으로 스며들었다.

"아아……."

용비가 이제나 저제나 올까 초조하게 기다리고 있던 한정에게 날벼락 같은 소식이 날아들었다.

잘 따라오던 용비가 느닷없이 무사 두 명을 쓰러뜨리고 달아났다는 것이다.

"어떻게 된 거죠? 그가 왜 갑자기 도망을 간 건가요?"

한정은 영문을 모르겠다는 듯 보고를 하러 온 무사에게 다그치듯 물었다. 하지만 무사가 그런 것을 알고 있을 리 만무하다.

"하아… 우리 잘못이다."

뭔가를 깨달은 한무군이 한숨을 토해내며 자책했다.

"우리가 문으로 나가서 그를 기다리고 있다가 직접 만났어야 했다. 무사들을 시켜서 데려오게 하니까 그가 오해했을 수도 있었다."

"오해를……."

"그의 입장에서는 무사들이 갑자기 데려가니까 붙잡혀 가는 것이라고 생각할 수도 있다. 자기에게 화가 미칠 것이라고 오해해서 달아났을 것이라는 얘기다."

한정의 얼굴이 착잡함으로 물들었다. 그녀는 거기까지는 미처 생각하지 못하고 있었다.

"아… 어쩌면 좋아요?"

한무군은 대전 밖으로 달려나갔다.

“아직 멀리 가지는 못했을 테니까 찾아야지!”

한정은 충격 때문에 다리가 후들거렸지만 급히 한무군을
뒤따라갔다.

第十二章 화봉(花鳳) 옥연(玉淵)

용비는 집으로도 사우당으로도 가지 않았다. 천추문 무사들이 그곳에서 먼저 기다리고 있을지 모르기 때문이다. 용비가 아무리 빠르다고 해도 무사들보다 빠를 수는 없다.

천추문에서는 그의 집, 즉 미령루는 알고 있을지 몰라도 사우당에 대해서는 모른다.

하지만 만약이라는 것이 있다. 만약 천추문이 용비를 체포하기 전에 그에 대해서 자세히 조사했다면 사우당에 대해서도 충분히 알아낼 수가 있다. 사우당은 그 정도로 꼭꼭 감춰져 있지 않다.

용비는 항주 성밖 모처에 숨어서 사람을 시켜 사우당의 세 친구를 오도록 했다.

물론 믿을 수 있는 사람을 시켰으며, 사우당 친구들에게는 미행이 있는지 최대한 조심을 기할 것이며, 이상한 낌새가 있으면 절대 오지 말도록 했다.

용비는 항주 토박이다. 또한 사우당을 꾸려 나가면서 많은 일들을 해결하고, 또 그 과정에 그보다 더 많은 사람들과 손발을 맞춰서 일을 했었기 때문에 일반 성민들 외의 사람들은 거의 대부분 알고 있다고 해도 과언이 아니다.

그러므로 항주 성내에 그와 사우당 친구들이 쥐도 새도 모르게 숨을 곳이라든지, 심부름을 시킬 사람은 모래알처럼 널려 있다.

용비는 화봉각(花鳳閣)이라는 이름의 서호 변에 위치한 기루에 숨어 있었다.

아니, 말이 숨어 있다 뿐이지 화봉각 내에서는 얼마든지 자유롭게 행동할 수 있다.

하지만 그는 자신에게 일어난 일에 대해서 궁리를 하느라 방에 꼭 틀어박혀 있었다.

항주의 대부분의 기루들은 경치가 아름다운 서호 변이나 전당강에 자리를 잡고 있으며, 그중에서도 가장 유명한 곳이 바로 이곳 화봉각이다.

오 층의 어마어마한 규모나 아름다운 기녀들이 무려 천여 명이나 있다는 사실보다 화봉각을 더 유명하게 만드는 것은 화봉각주이며 일명 무비녀(無比女)라고 부르는 화봉 옥연(玉淵) 때문이다.

무비녀의 '무비(無比)'라는 말이 대변해 주듯이, 그녀를 한 번 본 사람들은 아름다움으로써는 천하에서 그녀와 비교할 사람이 없다고 입을 모은다.

그녀의 올해 나이는 겨우 이십 세다. 항주제일기루인 화봉각 각주의 나이치고는 지나치게 어리다.

그녀는 십육 세 때 처음 기적(妓籍)에 올라서 기녀가 되었으며, 그로부터 불과 반년 만에 일약 항주제일미라는 미명을 얻게 되었다.

십육 세의 어린 나이지만 그녀의 미모를 한 번 본 사내들은 하나같이 상사병에 걸렸을 정도라고 하니 더 이상 무슨 설명이 필요하랴.

이어서 다음 해인 십칠 세 봄에 전격적으로 독립을 하여 자신만의 기루를 차렸다.

그리고 이듬해 십팔 세 봄에 현재 장소에 화봉각을 지어 그곳으로 옮겨 지금에 이르고 있다.

이 년 전까지만 해도 화봉 옥연의 미모는 항주 일대에서는 독보적이었다.

그런데 이 년 전에 그녀의 미모에 필적할 만한 미녀가 항주에 출현했다.

천추문의 소문주인 한정이었다. 당시 그녀는 십육 세였으며, 어렸을 때에는 천추문 안에 꼭꼭 감춰져 있다가 비로소 바깥출입을 하면서 경국지색의 미모가 세상에 알려진 것이다.

그때부터 옥연과 한정은 항주이미(杭州二美)로서 미명을 날리기 시작했다.

사람들은 옥연을 외미인(外美人), 한정을 내미인(內美人)이라고 부른다.

옥연의 미모는 겉으로 발산하는 폭발적인 것에 반해서, 한정은 안으로 감추어진 내면적인 미모라는 뜻이다.

화봉 옥연이 이 년 만에 항주에서 가장 유명한 화봉각주가 될 수 있었던 것은 그녀의 아름다움 때문만이 아니다. 그녀는 타의 추종을 불허할 정도로 머리가 좋다.

아름다움 하나뿐이었다면 그저 항주제일기녀 정도가 되었을 것이다.

기막힌 두뇌회전이 있었기에 오늘날의 화봉각주가 될 수 있었던 것이다.

세상에서는 그런 머리를 갖고 있는 사람을 천재, 혹은 귀재라고 부른다.

절세의 미모와 천재적 두뇌를 겸비한 그녀가 오늘날의 부와 명예를 얻게 된 것은 결코 우연한 일이 아니다.

그리고 더 중요한 사실은, 그녀의 야망은 이제 겨우 시작이라는 사실이다.

화봉각은 누각과 전각을 합쳐놓은 듯한 건축양식의 오 층의 거대한 본채 외에도 아홉 채의 전각이 여기저기에 흩어져 있다. 총 열 채로 이루어진 셈이다.

처음에 공사를 할 때는, 서호 변 야트막한 언덕 곳곳에 화봉각을 지어 수십 개의 각양각색 멋들어진 다리로 열 채의 전각을 연결한 후에, 전각들 주변을 깊게 파서 서호의 물을 끌어들였다.

그 결과 열 채의 전각과 전각에 딸린 화원, 정원은 열 개의 섬으로 변했으며 전각들 주변은 자연적으로 호수와 수로가 형성되었다.

호수 위에 떠 있는 장중하면서도 아름다운 화봉각 전각군의 광경은 실로 보는 이들의 탄성을 자아냈다.

그래서 사람들은 화봉각을 달리 수상천당(水上天堂)이라고도 부르고 있다.

용비는 화봉각의 열 채의 전각 중에서 가장 작으면서도 아름다운 화악정(花岳停)에 있다.

낙혼과 요조가 화봉각 화악정에 도착하고 나서 반 시진쯤 지난 후에 현도가 도착했다.

현도는 용비의 부탁으로 미령루에 다녀오는 길이다. 용비는 혼자 있는 어머니가 걱정돼서 현도에게 오는 길에 잠시 들러보라고 시켰다.

화봉각 사람의 안내를 받은 현도는 들어서자마자 용비와 낙혼, 요조가 둘러앉아 있는 실내 복판의 탁자로 급히 다가오며 말했다.

"비야, 지금 너희 집 안팎에는 천추문 무사들과 제자들 여러 명이 진을 치고 있어."

용비의 착잡했던 표정이 더욱 심각하게 가라앉았다. 먼저 도착한 낙혼과 요조는 지금 항주 성내에 천추문의 제자들과 무사들이 잔뜩 깔려서 누군가를 찾으려고 혈안이 돼 있다고 이미 용비에게 말해주었다.

그런데 방금 도착한 현도는 미령루에까지 천추문의 손길이 뻗어 있다는 것이다.

그래서 용비는 사부 완사가 광폭도를 죽인 것이 틀림없으며 그것 때문에 사부가 사라졌고 또 천추문이 떠들썩한 것이 분명하다고 확신했다.

용비가 머무는 화악정은 지하 이층과 지상 삼층 총 오층으로 이루어져 있다.

가장 넓은 일층의 폭이 오십 걸음이 채 되지 않을 정도로 작고 아담하다.

화봉각의 이인자인 총기주(總妓主)는 용비에게 화악정 전체를 사용하라고 내주었으나 그는 지하 일층에만 머물고 있다.

그 이유는 이곳 지하의 독특한 구조 때문이다. 지하 일층과 이층은 땅속에 있지만 동서남북 네 군데에 있는 사방 반 장 길이의 창이 투명한 옥으로 되어 있다. 그래서 그곳으로 물속과 수면 위가 동시에 보여서 누가 오는지 미리 알 수 있기 때문이다.

뿐만 아니라 화악정의 지상 일층에서 지하로 내려오는 계단이 은밀하게 감춰져 있어서 그런 사실을 모르고는 절대 지하로 내려올 수가 없다. 아니, 지하가 있다는 사실조차도 모를 것이다.

그리고 지하 이층에는 백여 장에 이르는 긴 지하통로가 있는데, 그 끝은 서호 변과 이어져 있으며 그곳에는 항상 작은 배가 준비되어 있다는 것이다. 물론 매사에 용의주도한 용비는 이미 지하통로 끝까지 가보았으며, 그곳에 배가 있는 것도 확인했다.

자신이 천추문에 쫓기고 있다고 생각하는 용비로서는 화

악정 지하야말로 최적의 은신처가 아닐 수 없다.

"사실은 말이다."

용비는 현도가 도착해서 미령루에 대해서 말하자 그럴 줄 알았다는 표정을 지었다.

그리고는 잠시 후에 비로소 입을 열어 자초지종을 설명하기 시작했다.

먼저 도착한 낙혼과 요조는 용비가 심각한 표정으로 입을 꾹 다물고 있는 것을 보고는 아무것도 묻지 않고 묵묵히 그의 곁에 앉아 있기만 했었다.

지금까지 용비는 사우당의 세 친구에게는 거의 비밀이 없었다. 그들에게 말하지 않은 것은 아마도 완사에 관한 것이 유일할 것이다.

하지만 지금의 상황을 세 친구가 이해할 수 있으려면 완사에 대해서 얘기하지 않을 수가 없다. 용비 자기 때문에 세 친구에게도 피해가 가고 있으므로 자세한 얘기를 해주지 않는 것은 친구들에 대한 배신이다.

용비의 설명은 길지 않았으나 그가 말한 내용은 대단히 충격적이고 놀라운 것이었다.

용비의 설명이 끝난 후에 세 친구는 아무도 입을 열지 못하고 놀란 표정을 지은 채 한동안 눈만 껌뻑거리면서 용비를 쳐다보았다.

하지만 그들의 놀라움은 그리 길지 않았다. 아니, 아직 놀라고 있더라도 속으로 삼켜 버렸다. 세상의 밑바닥에서 온갖 쓴맛을 다 보면서 성장한 그들을 오래 놀라게 할 만한 일은 그다지 많지 않다.

*　　　　*　　　　*

용비에게는 불행한 일이지만, 사실 광폭도는 항주에 혼자 온 것이 아니었다.

절대십천이 만절기황을 찾기 위해서 천하 곳곳으로 백여 명을 파견했으나, 항주처럼 큰 성에는 두 명 이상을 보내는 것을 원칙으로 하고 있다.

그리고 항주에는 두 명이 왔다. 광폭도가 죽었으므로 이제 한 명이 남은 셈이다.

원래 광폭도는 천추문을 맡고 다른 한 명은 천추문과 쌍벽을 이루는 신룡보를 맡았다.

그 두 문파의 조사가 끝나면 항주오세의 나머지 세 문파와 다른 문파들도 차례로 조사를 할 예정이었다.

항주오세뿐만 아니라 절강성에 있는 수백의 방, 문파들은 거의 숙객당을 운영하고 있다. 절대십천은 만절기황이 자신의 신분을 감춘 채 숙객당의 숙객으로 머물고 있을 것이라고 추측하고 있었다.

물론 남아 있는 한 명은 광폭도가 용비라는 소년에게 천추문 숙객당을 조사해 달라고 맡기기로 한 사실에 대해서 이미 알고 있다.

하지만 그자는 광폭도가 소선개를 죽여주기로 한 것에 대해서는 아직 모르고 있다.

임시로 묵고 있는 거처로 돌아와서 그 사실을 말해주기도 전에 광폭도가 죽어버렸기 때문이다.

그나마 그것이 불행 중 다행이었다. 그 사실을 알았더라면 그자는 용비에 대한 그물을 좀 더 좁힐 수 있었을 테니까 말이다.

광폭도의 동료는 건곤풍(乾坤風)이라고 한다. 광폭도는 다소 점잖은 성격이었던 것에 비해서 건곤풍은 잔인한 성격과 날카로운 이성을 지니고 있다.

건곤풍은 광폭도가 돌아오지 않는 것이 그가 죽었기 때문이라고 짐작했다.

절대십천의 수하이며 무공이 높은 광폭도가 죽을 이유도 실종될 이유도 매우 희박한 편이다.

하지만 둘 중에서, 그래도 조금 더 높은 가능성이 있는 것이라면 죽음 쪽이다.

어쨌든 건곤풍은 광폭도의 죽음에 어떤 형태로든 용비가

개입되어 있을 것이라고 추측했다.

용비에게 천추문 숙객당을 맡기는 일을 추진하다가 이런 일이 벌어졌기 때문이다.

천추문은 항주 성내를 온통 들쑤시면서 드러내 놓고 용비를 찾고 있었다.

그러나 다른 한쪽에서는 절대십천의 건곤풍이 아주 은밀하게 용비의 행적을 수색하고 있었다.

＊　　　＊　　　＊

그로부터 닷새가 지났다.

천추문도 건곤풍도 닷새가 지나도록 용비는커녕 그에 대한 어떤 흔적이나 단서조차도 찾지 못했다.

또한 천추문도 건곤풍도 그동안의 조사로 사우당에 대해서 알게 되었으나, 사우당의 세 명도 감쪽같이 증발해 버려서 찾을 수가 없었다.

요조는 병든 홀아버지를 은밀하게 의원에 모셔다 두었으며, 현도는 젊은 나이에 과부가 된 홀어머니에게 넉넉한 돈을 주어 여행이나 다녀오라면서 보냈다.

그것은 용비가 심부름을 보낸 사람 편에 그렇게 하도록 시킨 것이었다.

그러나 용비에 대해서 유일하게 남아 있는 흔적은 그의 어머니인 미령이었다.

그녀는 아들이 꽤 오랫동안 집에 돌아오지 않고 있는데도 터럭만큼도 걱정 같은 것은 하지 않았다.

그녀는 원래 용비를 낳은 직후부터도 그랬다. 그래서 용비는 그녀가 키웠다기보다는 혼자서 들풀처럼 억세게 자랐다는 말이 맞다.

미령은 천추문 무사들의 보호하에서 예전처럼 단골손님들과 어울려 술을 마시고 떠들며 웃으면서 하루하루를 보냈다. 어쩌면 그녀는 아들이 사라졌다는 사실조차도 모르고 있는 것 같았다.

건곤풍은 용비의 집 미령루에 대해서 알아냈으나 천추문 무사들 때문에 접근할 수가 없었다.

그의 실력으로 천추문 무사들을 죽이거나 제압하는 것은 어려운 일이 아니지만, 행동에 옮기게 되면 골치 아파지기 때문이다.

*　　　*　　　*

용비와 사우당 세 친구가 화봉각 내의 화악정에 은둔한 지 닷새째 되는 날 늦은 밤에 그들로서는 전혀 예상하지 못했던 손님이 찾아왔다.

용비 일행이 머물고 있는 화악정 지하 일층에 느닷없이 두 명의 경장녀가 요리와 술을 갖고 불쑥 들어와서 방 한복판에 있는 석탁에 차리기 시작했다.

그녀들은 양쪽 어깨에 쌍검을 메고 있는 것으로 봐서 무림인인 것 같았다.

그런데 어째서 그녀들이 갑자기 용비 일행이 묵는 곳에 술상을 차리는 것인지 영문을 모를 일이다.

그녀들은 아무 말도 하지 않고 묵묵히 제 할 일만 했다. 아예 용비 일행이 그곳에 없는 듯한 행동이다.

그리고 용비 일행은 한쪽에 모여 서서 긴장하고 경계하는 모습으로 그녀들을 지켜보았다.

석탁에 차려지고 있는 요리와 술은 놀라울 만큼 훌륭했다. 용비 일행은 지금까지 살아오면서 구경조차 해본 적이 없는 최고급 요리와 술이었다.

또한 요리를 담고 있는 것은 은그릇과 금, 옥그릇이며, 술병과 잔은 홍옥과 백옥, 청옥 등이었다. 마치 황제의 술상처럼 호화로움의 극치였다.

이윽고 술상 차리기를 마친 두 명의 경장녀는 조용히 물러나 방문 양쪽에 나란히 우뚝 섰다. 마치 누군가를 기다리는 듯한 모습이다.

그리고 잠시 후에 문밖에서 아무런 기척도 나지 않았는데 문 안쪽에 서 있던 경장녀 중 한 명이 공손히 문을 열었다.

이어서 밖으로부터 두 사람이 문을 통해서 천천히 걸어 들어왔다.

그런데 그중 앞선 사람, 아니, 여자를 보는 순간 용비와 세 친구는 그녀가 누군지 단번에 알아차렸다.

'화봉!'

머리를 궁장으로 틀어 올리고, 오색 비단옷을 두른 방금 천상에서 하강한 듯한 절색미녀는 바로 이곳 화봉각의 각주인 무비녀 화봉 옥연이었다.

용비 등은 그녀를 한 번도 본 적이 없었다. 하지만 화봉각에서 이처럼 아름다운 미녀라면 단연 화봉 옥연일 것이라고 짐작한 것이다. 그녀 외에는 누구도 생각할 수가 없었다.

화봉 옥연은 올해 이십 세인데 실제 눈앞에서 보니 나이보다 훨씬 앳되어 보였다.

요조는 십팔 세인데도 옥연에 비하면 외려 큰언니 뻘은 되는 것 같았다.

옥연 뒤에서 따르고 있는 사람은 용비에게 이곳 화악정을 은신처로 내준 화봉각의 이인자 총기주였다.

그는 삼십여 세 정도의 훤칠하고 준수한 청년이며 무기는 지니고 있지 않았다.

언뜻 보면 그는 글줄이나 읽는 백면서생이거나 명문가의 귀공자 같았다.

일 년 전에 화봉각에는 큰 도둑이 들었었다. 그 도둑은 손님으로 가장하여 화봉각에 들어왔다가 화봉 옥연과 총기주 외에는 접근하지 못하는 방에 있는 금고를 열고 많은 양의 재물을 훔쳤다.

그뿐만 아니라 화봉 옥연이 애지중지하는 특급기녀 한 명까지 납치해서 도망쳤다.

화봉각은 즉시 관에 신고하고 여러 곳에 청부를 하는 등 백방으로 손을 썼다.

그러나 한 달이 지나도록 도둑의 흔적조차 찾지 못하고 결국 포기하고 말았다. 도둑맞은 재물과 특급기녀를 되찾는 것도 자연히 포기된 것이다.

하지만 총기주가 밑져야 본전이라는 생각으로 그 사건을 사우당에 청부를 했다.

그 당시 사우당은 항주 성내 화영로에서 아주 작은 명성을 얻고 있는 정도였다.

그런데 전혀 기대하지 않았던 사우당이 그만 대박을 터뜨리고 말았다. 청부를 받은 지 열흘 만에 도둑이 숨어 있는 곳을 알아낸 것이다.

그래서 총기주가 직접 무사 수십 명을 이끌고 급습하여 도둑은 물론이고 도둑맞았던 재물 대부분과 납치당했던 특급기녀까지 고스란히 되찾았다.

그 당시에 화봉각이 도둑맞았다가 되찾은 재물을 돈으로 환산하면 은자 오백만 냥에 달했다는 후문이 있었다.

특급기녀의 가치 또한 은자 오백만 냥을 호가했으니, 사우당은 화봉각이 은자 천만 냥 어치의 손해를 볼 것을 막아준 것이다.

하지만 처음에 용비가 요구한 청부비는 은자 백 냥이었다. 나중에 사례비로 은자 사백 냥을 더 받았으나 그래 봐야 도합 은자 오백 냥이다. 사우당이 찾아준 천만 냥에 비하면 조족지혈이다.

그 일로 인해서 총기주는 사우당에 큰 은혜를 입었으며, 동시에 사우당을 신임하게 되었다.

화봉 옥연 또한 언제든지 화봉각이 필요하면 신세를 져도 괜찮다는 말을 총기주 편에 사우당에 전했다. 그래서 용비가 이번에 화봉각의 신세를 지게 된 것이다.

"앉으세요."

총기주의 시중을 받으면서 석탁 앞 의자에 앉은 옥연은 용비 일행에게 앉기를 권했다.

용비는 화봉 옥연이 이곳까지 몸소 찾아온 것이 매우 뜻밖이었다. 아무리 생각해 봐도 그녀가 사우당을 만날 이유가 없기 때문이다.

잘 지내고 있느냐 안부나 물으려고 옥연이 친히 찾아오지는 않았을 것이다.

필경 무슨 이유가 있을 것이라 여기고 용비는 옥연의 맞은편에 앉았다.

그가 앉는 것을 보고 현도와 낙혼, 요조가 그의 양쪽에 조심스럽게 앉았다.

둥근 석탁은 대여섯 명이 둘러앉으면 적당한 터라서, 요조와 현도가 옥연의 양쪽 옆에 앉은 모양새가 되었다.

옥연의 뒤 오른쪽 옆에는 총기주가 서 있고, 그 뒤쪽에는 두 명의 경장녀가 나란히 서 있었다.

용비는 옥연이 총기주와 호위무사 격인 두 명의 경장녀만을 데리고 왔으며, 술과 요리도 경장녀들에게 직접 차리도록 한 것으로 미루어 그녀가 이곳에 비밀리에 왔다는 사실을 짐작할 수 있었다.

"드세요."

옥연이 홍옥으로 만든 최고급의 술병을 두 손으로 잡고 앞으로 내밀자 낙혼과 현도는 자신도 모르게 몸이 뻣뻣하게 굳어서 다급히 동시에 빈 잔을 내밀었다. 극도로 긴장하고 있었다는 증거다. 그걸 보고 요조가 못마땅한 듯 슬쩍 눈살을 찌푸렸다.

그러나 옥연의 술병이 향하는 방향에는 용비가 앉아 있었다. 그는 조금도 긴장하지 않은 모습에 한 손으로 천천히 빈 잔을 내밀었다. 그걸 보고 요조는 '과연 용비!' 라는 만족한 표정을 지었다.

옥연은 여기에 오기 전에 총기주에게 용비에 대해서 설명을 들은 것이 분명했다.

옥연이 자신의 잔에 술을 따르는데도 용비는 덤덤했다. 아니, 평소보다 조금 더 으스스한 분위기를 만들면서 똑바로 옥연을 주시하고 있었다.

그러는 것은 긴장해서가 아니라 집중을 하고 있기 때문이다. 집중력이 그의 오싹한 분위기를 더욱 강렬하게 만들고 있는 것이다.

용비와 친한 사람들조차도 때로는 불쾌하게 만드는 그의 분위기지만, 옥연은 전혀 개의치 않는 듯했다. 그것만 보더라도 그녀는 뭔가 특별했다.

옥연은 용비의 잔에 술을 채운 후에 나머지 세 명에게도 차례로 술을 따라주었다.

마지막으로 그녀는 자신의 잔에 손수 술을 따른 후에 잔을 들어 올렸다.

"술을 마시지 못하는 사람은 없겠죠?"

화사하게 미소 지으며 꾀꼬리처럼 종알거리는 옥연의 자

태에 용비를 제외한 세 사람은 자신들도 모르게 눈이 부심을 느꼈다.

현도나 낙혼, 요조는 용비를 닮아서 세상과 사람을 보는 눈이 보통사람과는 사뭇 다르다. 뭐랄까. 세상을 냉소적으로 본다는 설명이 맞을 것이다.

하지만 옥연의 초범적인 절대미 앞에서는 마음이 크게 동요되는 것을 어쩌지 못했다.

그녀의 일거수일투족이 세 친구의 마음을 마구 흔들어놓았다. 옥연은 그 정도였다.

용비 등은 술을 좋아하지는 않지만 그렇다고 전혀 못 마시는 것은 아니다.

그들도 한 건의 청부를 해결하고 나면 맛있는 요리를 안주 삼아서 술을 마실 때가 더러 있었다. 물론 용비네 집인 미령루에서 말이다.

그렇게 묵묵히 몇 순배의 술을 마시고 나서 옥연은 이윽고 본론을 꺼냈다.

"나하고 같이 일해보지 않겠어요?"

그런데 그녀의 매혹적인 입술이 열리며 전혀 뜻밖의 말이 흘러나왔다.

사우당하고 화봉각하고는 추구하는 바가 다른데 어떻게 같이 일할 수 있겠는가.

"만약 수락한다면 지금부터 당신들 넷은 화봉각 사람이 되는 거예요."

사우당 네 친구는 아무도 입을 열지 않았다. 용비는 옥연의 내심을 간파하려고, 다른 세 친구는 너무 놀라고 어리둥절해서 입이 붙어버렸다.

자체적으로 빛을 흩뿌리는 듯한 옥연은 술잔을 만지작거리면서 용비를 바라보며 말을 이었다.

"당신들이 할 일은 화봉각 안팎에서 벌어지는 일들을 해결하는 것이 될 거예요. 주로 사람을 추적하는 일이 많겠지요. 추적은 사우당의 전문이 아닌가요? 또한 사우당이 항주 성내에서 하던 일하고 큰 차이가 없어요. 차이라면 예전에는 이것저것 잡다한 일을 처리했었다면 앞으로는 기루에 얽힌 일을 처리한다는 것 정도예요."

꿀꺽! 하고 낙혼과 현도가 동시에 마른침을 삼켰다. 긴장이 고조되고 있다는 뜻이다.

"나는 당신들에게 매달 은자 이천 냥을 지불할 생각이에요. 그리고 열 명의 수하를 붙여주겠어요. 사우당이라는 이름을 계속 사용해도 상관이 없어요. 그리고 또 한 가지 중요한 것이 있어요."

옥연이 세운 희고 긴 검지를 현도와 낙혼, 요조는 정신이 반쯤 나간 얼굴로 쳐다보았다.

매월 은자 이천 냥이라니, 그것을 네 명이서 나누면 무려 은자 오백 냥씩이다. 현도와 낙혼, 요조는 머릿속에서 커다란 종 수십 개가 마구 울리는 것 같았다.

하지만 용비는 그녀의 속셈을 간파하려는 듯 얼굴을 뚫어지게 주시했다.

"당신들이 화봉각 사람이 되는 순간부터 아무도 당신들을 건드리지 못하게 해주겠어요."

천추문이 용비를 찾으려고 혈안이 됐으며, 그것을 피해서 그와 사우당이 이곳에 은신하고 있다는 사실을 옥연은 총기주에게 이미 들었을 것이다.

그러므로 그녀가 방금 한 말은 천추문이 용비를 건드리지 못하게 하겠다는 뜻이나 마찬가지다.

정말 그럴 수만 있다면 용비에게는 이보다 더 좋은 조건이 없을 듯하다.

그러나 절대 무리다. 일개 기루인 화봉각이 항주, 아니, 절강 무림에서 신룡보와 패권을 다투는 천추문을 당해낼 수 있을 리가 만무하다.

천추문이 이곳에 들이닥치면 화봉각은 빗장을 열 수밖에 없는 것이다.

용비의 그런 마음을 꿰뚫어보는 것처럼 옥연은 똑바로 그를 주시하면서 총기주에게 물었다.

"총기주, 내 말이 허언 같은가요?"

"아닙니다. 각주에게는 충분히 그런 능력이 있으십니다."

용비는 슬쩍 총기주를 쳐다보았다. 그와는 일 년 전에 화봉각의 도둑사건 때문에 딱 두 번 만난 적이 있으며, 청부를 받을 때와 돈을 받을 때였다.

그때 용비가 총기주에게서 느낀 인상은, 그가 지나칠 정도로 완고하고 자상하며 정직하다는 사실이었다.

용비와 눈이 마주친 총기주는 보일 듯 말 듯 고개를 끄덕였다. 방금 한 말이 사실이라는 뜻이다.

일개 기루인 화봉각이 무슨 수로 천추문을 막아줄 수 있는지 궁금했지만, 옥연과 총기주 둘 다 입을 맞춰서 거짓말을 할 리는 없다는 생각이 들었다. 용비는 적어도 총기주는 믿고 싶었다.

용비는 이제 자신이 결정을 내려야 할 때라는 것을 알았다.

항주 성내 뒷골목에서 온갖 지저분한 잡일을 마다하지 않고 청부를 받았던 사우당이 항주제일루인 화봉각 휘하가 되어 매달 녹봉으로 은자 이천 냥에 수하까지 열 명을 둘 수 있다면 그야말로 수직상승이다.

이제부터 사우당 네 명의 앞날에 찬란한 광명이 비추기 시작한 것이다.

게다가 화봉 옥연이 천추문까지 막아준다고 약속했다. 그녀가 무슨 수로 천추문을 막아줄 수 있는지는 구태여 알 필요가 없다.

그녀가 사우당의, 아니, 용비의 방패가 되어주기만 하면 그로써 족하다.

사우당의 세 친구는 자신들의 우두머리가 어떤 결정을 내릴 것인지 기대하면서 용비를 주시했다.

옥연은 엷은 미소를 머금은 채 용비를 바라보았다. 그녀의 미소에는 용비가 승낙할 것이라는 자신감이 엿보였다. 거절할 이유가 없기 때문이다.

용비는 허리를 꼿꼿하게 어깨를 활짝 펴고 당당한 모습으로 입을 열었다.

"녹봉은 은자 만 냥을 주시오."

날벼락 같은 소리다. 어느 누구도 전혀 예상하지 못했던 요구에 가장 놀란 사람은 현도와 낙혼, 요조다.

셋 중에서 기가 조금 약한 편인 현도는 너무 놀란 나머지 헉! 하는 헛바람 소리까지 내뱉었다.

원래 금석 같은 성품의 총기주는 어이없는 표정을 지었으며, 그 뒤 두 명의 경장녀는 못마땅한 듯 얼굴을 찌푸렸다.

옥연이 제시한 녹봉 은자 이천 냥은 엄청 파격적이다. 사우당을 시작한 이후 그들은 개인적으로 오백 냥 이상 가져가 본 적이 없었다.

　그런데 용비가 그 다섯 배인 만 냥을 요구했으니 기가 막힐 노릇이다. 설마 옥연이 그 요구를 들어줄 것이라고 생각하는 것인가. 아니면 그것이 거절하는 한 방법인지, 그것도 아니면 그가 갑자기 미치기라도 한 것이 아닐까 라는 생각이 들 정도다.

　그러나 옥연은 아무렇지도 않은 듯 입가에 엷은 미소를 머금은 채 용비를 바라보았다.

　"요구조건이 더 있나요?"

　과연 그녀는 보통내기가 아니다. 이십 세 어린 나이에 항주 제일루인 화봉각을 세우고 또 이끌어갈 만한 배포를 충분히 지니고 있었다.

　"녹봉을 매월 은자 천 냥씩 인상해 주시오."

　밉다고 하니까 업어달란다고 용비의 하는 짓은 설상가상이다. 한 달 녹봉으로 은자 만 냥에 매달 천 냥씩 인상이라니, 그렇다면 두 번째 달 녹봉은 은자 만천 냥이고, 그 다음 달은 만이천 냥이라는 식이다.

　그렇게 일 년이 지나면 녹봉이 자그마치 이만이천 냥이 되는 것이다. 입에 거품을 물고 혼절할 일이다.

　"그리고?"

　옥연은 재미있다는 듯한 표정을 지으면서 술잔을 들어 입술을 축이듯이 마시며 물었다.

그녀의 말이나 표정은 용비의 어이없는 요구를 받아들이
겠다는 것이 아니라 요구조건이 뭐가 더 있는지 어디 한번 들
어나 보자는 듯한 태도였다.

용비는 자신들이 잠시 화봉각에 몸을 의탁하고 있다는 사
실을 잊었는지 지나칠 정도로 당당했다.

미쳤거나 뭔가 대단한 생각을 하고 있거나 둘 중 하나일 것
이다. 사우당의 세 친구는 제발 후자이기를 마음속으로 간절
하게 빌었다.

"사우당이 화봉각에 복속되는 것은 싫소. 우리가 각주와
동업하는 것으로 하면 어떻겠소?"

용비의 또 다른 요구는 전혀 뜻밖의 것이었다.

"동업?"

현도와 낙혼, 요조는 이제 더 놀랄 힘도 없는 듯했다. 그들
은 이 거래의 결과를 이미 짐작하고 있다는 듯 씁쓸한 표정을
지었다.

하지만 아무도 용비를 말리지 않았다. 말린다고 들을 그가
아니고, 지금까지 세 친구는 용비가 무슨 일을 하든 말려본
적이 한 번도 없었다.

옥연은 방긋 미소 지었다. 기가 막혀서라도 발딱 일어나서
나가야 할 텐데, 오히려 미소를 짓는 그녀도 배짱이나 기개는
상상 이상이다.

"내게서 녹봉을 받으면서도 동업이 가능한가요? 원래 녹봉을 주는 사람에게 복속되는 것이 상식 아닌가요?"

용비는 엷은 미소를 지었다.

"각주가 도망자인 우리에게 이런 제의를 하는 것 자체가 비상식적이지 않소? 그러므로 이 자리에서 상식을 논하는 것은 우스운 얘기 같소만."

옥연은 고개를 끄덕였다.

"그렇군요."

"서로를 배신하지 않는 한 동업의 관계는 죽을 때까지 지속되는 것으로 합시다."

용비는 마치 이 거래가 성사되기라도 한 것처럼 못을 박듯이 말했다.

옥연은 술잔에서 손을 떼고 두 손을 깍지 낀 채 말끄러미 용비를 주시했다.

"자. 이제 본론을 말해봐요. 내가 그렇게까지 파격적으로 해주는 대신 당신은 내게 무엇을 해줄 건가요?"

그녀는 사우당이라고 하지 않고 당신이라고 지칭했다. 그것은 이 거래가 사우당이 아닌 용비 개인하고 하는 것이라는 의미다.

용비는 진지한 표정으로 옥연을 똑바로 주시했다.

"우리 사우당 가족에게 해를 입히는 것이 아닌 한, 각주의 어떠한 명령이라도 따르겠소."

용비의 입에서 '어떠한 명령' 이라는 말이 나오자 옥연은 고개를 끄덕였다.

"좋군요."

그녀는 손가락을 하나 세웠다.

"그렇다면 나도 조건을 하나 제시하겠어요."

용비가 가볍게 고개를 끄덕이자 그녀는 말을 이었다.

"내가 요구하는 일을 월 평균 삼 할 이상 성공했을 때만 녹봉을 지급하겠어요. 삼 할 이하인 달은 한 푼도 주지 않겠어요. 이것이 받아들여진다면 동업하기로 하죠."

용비는 선선이 고개를 끄덕였다.

"알겠소."

옥연이 자신이 주문한 일거리를 사우당이 성공시킬 확률을 삼 할로 잡은 것은 절대로 낮춰서 잡은 것이 아니다.

그렇다고 사우당을 무시해서도 아니다. 그것은 장차 그녀가 주게 될 일거리가 결코 쉽게 성공할 만한 일이 아니라는 뜻이다. 용비는 그렇게 받아들였다.

옥연은 빨간 장미꽃잎 같은 윗입술과 아랫입술을 살며시 비볐다. 그러는 것은 그녀의 버릇인 것 같았다.

"궁금한 게 있어요."

"말해보시오."

“지금까지 우리가 나눈 대화로 봤을 때 이것은 어디까지나 사우당이 내 휘하에 들어오는 모양새인데 어째서 동업이라고 고집하는 건가요?”

그녀는 궁금한 게 있다면서 조금도 궁금한 표정을 짓지 않았다. 속내를 감추는 것 역시 그녀의 버릇 아니면 장점인 것 같았다.

용비의 대답은 간단했다.

“수틀리면 언제라도 떠날 수 있으니까.”

이 대목에서 옥연의 커다란 눈이 조금 더 커졌다. 놀랐다기보다는 감탄과 의외라는 표정이다.

사우당이 화봉각 소속이면 매인 몸이라서 꼼짝도 할 수가 없다. 하지만 동업이라면 언제든 훌훌 털고 떠날 수가 있는 것이다.

그 말인즉, 사우당은 잘하고 있는데도 옥연의 대접이 시원치 않으면 떠날 수도 있다는 위협 같은 것이기도 하다.

“그렇군요.”

“거래가 성사된 것이오?”

“그래요. 지금 이 순간부터 사우당은 내 사람이니까 내가 보호하도록 하겠어요.”

동업이라고 합의를 봤는데도 그녀는 자꾸 사우당이 자기 사람이라고 말했다.

그러나 용비는 개의치 않고 가볍게 고개를 끄덕이고는 술
병을 잡은 손을 뻗어 옥연에게 술병을 내밀었다.

"그렇다면 이제 한잔합시다."

슥—

그런데 옥연이 일어섰다. 그러더니 경장녀들의 호위를 받
으면서 뒤도 돌아보지 않고 방을 나가 버렸다.

총기주는 용비가 여전히 술병을 잡은 손을 뻗은 채 활짝 열
린 문을 눈살을 찌푸린 채 쳐다보고 있는 것을 보면서 엷은
미소를 지었다.

"각주와 술 한 잔을 하려면 얼마가 필요한지 아오?"

"얼마나 필요하오?"

"최소 은자 백만 냥이오. 그것도 예약은 필수요."

"……."

총기주의 미소가 조금 더 짙어졌다.

"그런데도 각주하고 술을 마시려고 예약한 손님이 반년이
나 밀려 있소."

현도가 벙글거리면서 말했다.

"그렇다면 우린 오늘 밤에 은자 십만 냥 정도는 벌었군."

옥연이 사우당 모두에게 직접 술을 따라주고 또한 몇 순배
가 돌 때까지 함께 술을 마셨기 때문에 돈으로 치면 은자 십
만 냥 값어치는 된다는 소리다.

총기주는 명랑하게 웃으면서 문으로 향했다.

"하하하. 은자 십만 냥짜리 술상이니까 술과 요리는 얼마든지 제공하겠소."

총기주가 막 문을 나서고 있을 때 요조가 술병을 집으면서 못마땅한 듯 인상을 쓰며 투덜거렸다.

"그런데 각주라는 여자 좀 재수없게 행동하지 않냐?"

더벅머리에 양 뺨이 움푹 들어가고 바짝 마른 까칠한 입술에 윤기 없는 살결을 지닌 요조의 말에 총기주가 걸음을 멈추고 뒤돌아보며 미소를 지었다.

"소형제들이 너그럽게 이해하구려."

용비는 이번까지 세 번의 만남에서 총기주에 대한 인상이 썩 좋았었다.

사내 중에서도 사내며, 너그러우면서도 정확하다. 그리고 언제나 여유있는 모습이다.

그런데 방금 용비는 그의 내면을 살짝 들여다본 것 같은 기분이 들었다.

그래서 어쩌면 화봉 옥연보다 총기주가 더 상대하기 까다로운 사람일 수도 있다는 생각이 들었다.

第十三章 삼원심공(三垣心功)

萬能書生

용비가 천추문에 출근하다가 무사들에게 붙잡혀 끌려가던 도중에 도망친 날은 칠 월 말일이었다.

그로부터 열흘이 지났는데도 천추문은 용비를 찾기는커녕 그에 대한 어떠한 흔적이나 단서도 얻지 못한 상태였다.

그렇게 열흘이 지났을 때 두 가지 변화가 생겼다.

첫째는 천추문이 용비에 대한 수색에서 제자들을 모두 거두어들이는 대신 개방 항주 분타에 그 일을 맡겼다.

둘째는 미령루가 문을 닫았다. 용비가 사라졌거나 말거나 매일 술타령만 하던 미령은 팔 일째 되는 날 갑자기 미령루

문을 닫고 주루 안에서 혼자 술을 마시며 서럽게 흐느껴 울었다.

그녀의 울음소리가 주루 밖에서 지키고 있는 천추문 무사들의 귀에도 들렸다.

*　　　　*　　　　*

수진랑은 천추신뢰검 사 초식 십이 변을 처음부터 끝까지 완벽하게 터득했다.

이제 남은 것은 천추신뢰검을 수천 수만 번 수련을 거듭하여 숙달시키는 것이다.

지난 십이 일 동안 숙객당 주방 소속 외겸인 한 명을 찾느라 천추문 전체가 들썩였으나 연무장에 틀어박혀 있었던 수진랑은 무슨 일이 있었는지 까맣게 모르고 있었다.

천추문주의 적전제자(嫡傳弟子) 다섯 명과 일대제자 십칠 명은 천추문에 무슨 일이 있더라도 언제나 예외를 인정받는다.

오늘 수진랑은 십이 일 만에 연무장에서 나왔다. 이곳 지하 연무장에는 숙식을 할 수 있는 모든 시설이 갖추어져 있으며 오로지 일대제자들만 사용할 수가 있다.

연무장을 나온 수진랑은 곧장 숙객당 주방으로 향했다. 용비를 만나기 위해서다.

지난 십이 일 동안 천추신뢰검을 연마하면서 그녀가 가장 하고 싶었던 일이 용비를 만나는 것이었다.

예전에는 결코 그런 일이 없었다. 동료들이나 다른 제자들에게 그녀는 무공에 미친 귀신으로 통했다.

특히 그녀는 검술을 좋아해서 사람들은 그녀를 검귀(劍鬼)라고도 불렀다.

일단 무공을 연마하기 시작하면 밥 먹는 것과 잠자는 것조차도 망각해 버리는 그녀인데, 이번에는 천추신뢰검을 연마하는 동안 시도 때도 없이 용비의 모습이 불쑥불쑥 떠올라서 그녀를 놀라게 만들었다.

그런데 희한하게도 용비의 모습이 떠올랐다고 검술 연마에 지장이 생긴 것은 아니다.

아니, 오히려 그때마다 그녀를 애먹였던 부분이 아주 능숙하게 펼쳐졌다.

마치 용비가 옆에서 초식의 변화에 대해서 자세히 설명을 해주는 것 같았다.

수진랑이 아무리 부인하려고 해도 용비는 그녀에게 매우 특별한 존재일 수밖에 없다.

용비는 여러 가지 면에서 그녀에게 '처음'이라는 의미를 갖고 있는 사람이다.

그녀의 생애 첫 친구이며, 첫 남자다. 과정이야 어찌 되었든 용비는 그녀의 순결을 가져갔다. 그리고 현재 그녀의 가슴 속에서 가장 크게 자리를 잡고 있는 첫 번째 사람이 용비이며, 무슨 일이 있을 때 가장 먼저 생각나는 첫 번째 사람이 그이기도 하다.

그녀는 용비가 자신에게 어떤 존재인지 굳이 정의를 내리려고 하지 않았다.

몇 번 생각해 본 적이 있지만 결론은 나지 않고 머리만 깨질 듯이 아팠기 때문이다.

어쨌든 그녀는 첫 친구이며 첫 남자인 용비에 대해서는 자신의 본능에 충실하기로 생각했다.

천추문의 모든 제자들은 왼쪽 가슴에 명찰을 붙이도록 되어 있는데 그것은 각자의 신분을 나타낸다.

제자 중에서 가장 높은 적전제자는 '적(嫡)', 일대제자는 '기일(其一), 이대제자는 '기이(其二)' 식이다.

한바탕 숙객당의 점심식사 준비와 식사 후의 난장판을 정리하고 난 주방 안은 한가했다.

모두 주방 안 여기저기에 앉아서 휴식을 취하고 있을 때 낡은 갈의경장을 입고 어깨에 검을 멘 여자 하나가 주방 안으로 불쑥 들어섰다.

주방 입구에 있던 두 명의 여자가 풀어진 눈으로 갈의경장녀를 힐끗 쳐다보았다.

그녀들의 눈에 갈의경장녀는 자신들의 동료로 보였다. 낡고 허름한 옷을 입고 있었기 때문이다.

그러나 그녀들은 곧 갈의경장녀가 어깨에 검을 메고 있는 것과 왼쪽 가슴에 '기일'이라고 적힌 명찰을 달고 있는 것을 발견하고 기겁하며 일어섰다.

수진랑은 소란스러워질까 봐 즉시 손가락을 입에 대고 조용히 하라는 시늉을 한 다음에 놀란 표정으로 일어서 있는 두 여자 중에 한 명을 조용히 밖으로 불러냈다.

"명귀는 어디에 있느냐?"

"명귀는 왜……."

수진랑의 부름을 받고 나온 사람은 우연히도 지연화였다. 그녀는 잔뜩 긴장하고 있다가 수진랑 입에서 난데없이 명귀라는 이름이 나오자 깜짝 놀랐다.

수진랑은 아무렇지도 않게 말했다.

"나는 명귀 친구다. 그가 어디에 있는지 가르쳐다오."

"친구……."

평소에 용비를 친동생처럼 아끼고 위해주는 지연화는 깜짝 놀라서 눈을 동그랗게 떴다.

일전에는 소문주 두 사람이 한꺼번에 주방에 찾아와서 용비를 찾으며 난리법석을 피우더니, 오늘은 일대제자가 친구라면서 용비를 찾고 있다.

도대체 용비에게 무슨 일이 일어나고 있는 것인지 지연화는 걱정이 돼서 죽을 것만 같았다.

"모르느냐?"

"아아……."

수진랑이 다그쳐 묻자 지연화는 얼굴이 새하얗게 질렸다. 수진랑이 아무 말도 하지 않고 가만히 있기만 해도 너무 살벌해서 심장이 콩알처럼 오그라들 판국인데, 슬쩍 인상을 쓰자 지연화는 그대로 혼절해 버릴 것만 같았다.

수진랑의 얼굴 앞에 세워진 보이지 않는 칼날이 그대로 지연화의 목을 뎅겅 잘라 버릴 듯했다.

수진랑은 지연화에게서 용비에 대해 자세히 듣고 나서 곧장 문주 일족의 거처인 중경을 찾아갔다.

일대제자라고 해도 중경에는 함부로 출입할 수가 없기 때문에 그녀는 중경의 전문을 지키는 무사에게 소문주 한정을 만나고 싶다고 청했다.

요즘 한정은 깨어 있는 시간의 절반 이상을 천추문 밖에 나가서 용비를 찾는 일에 쏟고 있다. 그런데 오늘은 잠시 천추문에 들어왔다가 다시 나가려고 할 때 전문을 지키는 무사의 전갈을 받았다.

정갈하면서도 아담한 편좌방에 앉아서 기다리고 있던 수진랑은 산뜻한 하늘색 경장 차림의 한정이 안으로 들어서자 벌떡 일어섰다.

한정은 자기를 찾아온 사람이 일대제자 수진랑이라는 사실을 확인하고는 뜻밖이라는 표정을 지으며 다가와서 그녀에게 자리에 앉으라는 손짓을 해 보이고 자신은 맞은편에 앉았다.

한정은 다소곳한 자세인 데 반해서 수진랑은 사내처럼 다리를 약간 벌리고 꼿꼿하게 앉아 있는 모습이다.

한정은 천추문의 일에 충실하기 때문에 제자들의 얼굴을 대부분 알고 있다.

그뿐만 아니라 그들의 신상이나 무공의 진전도, 취미, 특기 등도 두루 알고 있다.

그러므로 한정은 당연히 일대제자이며 천추문의 전설적인 존재인 수진랑에 대해서 모를 리가 없다.

한정은 하녀가 차를 내오기를 기다리고 있는데 수진랑은 그것을 참지 못하고 불쑥 물었다.

"용비는 어떻게 된 겁니까?"

한정은 깜짝 놀랐다. 그녀는 설마 수진랑이 용비에 대해서 물을 줄은 조금도 예상하지 못했다.

더구나 한정이 만난 사람들은 대부분 그를 명귀라고 부르는데 수진랑은 그의 본명인 용비라고 부르는 것이 신선한 충격으로 다가왔다.

"수 언니는 용 공자를 아나요?"

한정은 수진랑이 자기하고 같은 나이인 십팔 세로 알고 있지만 그녀가 생일이 몇 달 빠르기 때문에 지금까지 언니라고 불러오고 있다.

수진랑은 자기가 뭘 잘못 말했나 하는 생각이 순간적으로 들었으나 곧 개의치 않았다. 도대체 용비가 무엇을 잘못했기에 출근길에 무사들에게 붙잡혀 간 것이고, 그래서 그가 도망치게 만든 것인지 궁금하지 않았으면 여기까지 찾아오지도 않았을 것이다.

또한 거짓말을 하는 것은 수진랑의 성미에 맞지 않는다. 그랬으면 애당초 한정에게 용비의 얘기를 꺼내지도 않았다.

"용비에게 무공서의 해독을 받았습니다."

한정은 깜짝 놀랐다. 지금까지 조사한 바에 의하면 천추문의 제자 중에서 용비에게 무공서를 해독받은 사람은 약 삼십여 명 정도였다.

천추문 전체 제자의 수가 팔백여 명이니까 삼십여 명은 매우 적은 수라고 할 수 있다.

하지만 한정은 삼십여 명이 전부가 아닐 것이라고 생각했다. 최소한 그보다 두세 배 이상은 될 것이라고 믿었다.

한무군이 제자들에게 말하기를 '용비에게 무공서의 해독을 받은 것은 죄가 아니므로 벌하지 않겠다' 라고 했지만, 그것은 죄와 벌의 문제가 아니다.

제자들 개개인의 자존심과 명예가 걸려 있으므로 일개 외겸인에게 무공을 배운 것을 수치라고 생각하여 자진해서 나서지 않는 것일 게다.

그래서인지 용비에게 무공서 해독을 받은 제자들 중에서 일대제자는 한 명도 없었다.

그런데 수진랑이 용비에게 무공서 해독을 받았다고 당당하게 말한 것이다.

일대제자 중에서도 상위에 속하고, 천추문 내에서 전설적인 입지를 굳히고 있는 수진랑마저 용비의 도움을 받았을 것이라곤 한정은 상상조차 하지 못했다. 그렇다면 다른 일대제자들은 말할 것도 없을 터이다.

한정은 용비가 무공서를 해독해 준 모든 제자에게 돈을 받았다는 사실을 알고 있다.

용비가 가난하기 때문에 자신의 천재성을 팔아서 돈을 번 것에 대해서 한정은 칭찬을 할지언정 조금도 나쁘다고 생각하지 않았다.

　　그러나 한정은 수진랑이 매우 가난하다는 사실과 그녀가 어떻게 천추문에 들어오게 되었는지 알고 있다. 아마도 그녀는 천추문의 제자들 중에서 가장 가난할 것이다.

　　"해독비를 주었나요?"

　　파고들려는 것이 아니다. 돈이 없는 수진랑이 어떻게 용비에게 무공서 해독을 부탁했는지 그저 궁금해서 물어보았을 뿐이다.

　　"아닙니다."

　　수진랑은 딱 잘라서 대답했다.

　　과연 가난한 수진랑은 용비에게 돈을 주지 않았다. 그렇다면 무엇을 주었을까? 한정은 용비에 대해서라면 아무리 작은 것이라도 알고 싶었다.

　　"그럼 어떻게 무공서 해독을 부탁했나요?"

　　그때 한정은 수진랑의 얼굴 앞에 세워져 있는 예리한 칼날 같은 분위기가 조금 흐릿해지는 느낌을 받았다. 그녀의 표정이 흐려졌기 때문이다.

　　그러나 그녀는 곧 꼿꼿한 허리를 더욱 꼿꼿하게 펴면서 당당하게 대답했다.

　　"용비하고 친구가 되기로 했습니다."

　　"아……."

　　한정은 크게 놀랐다. 천추문 일대제자와 하인보다 못한 외겸인이 친구가 되었다는 사실은 충격 그 이상이다.

그러나 신분을 떠나서 용비와 수진랑은 잘 어울리는 친구 사이일 것이라고 한정은 생각했다.

한정은 더 자세히 묻고 싶었으나 너무 캐는 것 같아서 그만 두기로 했다.

아니, 지금은 그보다 더 급한 것이 있다. 수진랑이 용비의 친구니까 지금 그가 어디에 있는지 알고 있을지도 모른다는 생각이다.

"조금 전에 용 공자에 대해서 물어봤었죠?"

"용비는 지금 어디에 있습니까?"

그런데 한정이 물으려고 한 것을 수진랑이 먼저 물어봤다.

*　　　*　　　*

용비는 화악정을 사우당의 본거지로 정했으며 사우당 네 친구만 사용하기로 했다.

그래서 아예 화악정 간판을 떼고 사우당이라고 새로 만든 간판을 걸었다.

화봉 옥연이 보내준 열 명의 무사는 화악정, 아니, 사우당 에서 가장 가까운 전각인 봉래전(蓬萊殿)에 머물게 했다. 사 우당과 봉래전은 운교로 연결되어 있다.

봉래전은 독특한 모습의 전각이다. 둥근 형태의 이층인데 엽전처럼 안쪽에 공간이 있으며 그곳이 마당이다. 아래층 이층 합쳐서 도합 스물다섯 개의 방과 주방, 편좌방 등 모든 것이 갖춰져 있는데 옥연은 봉래전을 사우당에게 서슴없이 내주었다.

그래서 사우당은 화악정과 봉래전 두 채의 건물을 사용하게 되었다.

화봉각은 거리 쪽으로 있는 오층 전각 화봉전(花鳳殿)을 본채로 사용하고 있다.

그곳에는 손님을 접대하는 방이 천여 개에 이르고 각 층마다 다섯 개씩의 큰 주방이 있을 정도로 엄청난 규모다.

하지만 화봉전보다 더 큰 규모의 전각이 있다. 화봉전에서 가장 가까운 취봉전(翠鳳殿)이며 화봉각에 소속된 천여 명 기녀의 숙소다.

화봉전과 취봉전은 일층과 삼층에 각각 전각끼리 연결하는 아름다운 다리가 놓여 있다. 그리고 다리 양쪽에는 무장한 무사들이 지키고 있다.

용비와 화봉 옥연이 전격적으로 동업을 성사시킨 이후 엿새가 흘렀으나 옥연은 사우당에 아직 이렇다 할 일거리를 맡기지 않았다.

용비와 세 친구는 하루에 두어 차례 봉래전으로 건너가서 열 명의 무사와 식사를 하거나 술을 마시기도 한다.

무사들은 평균 연령이 이십오 세 정도로 용비들보다 무려 일곱 살이나 많다.

용비는 그들의 무술 실력을 일부러 시험해 볼 생각은 없다. 때가 되면 알기 싫어도 알게 될 것이기 때문이다.

또한 사우당의 일이라는 것이 원래 무술 실력으로 하는 것이 아니라 정보 수집을 바탕에 두고 있어서 용비는 무술 실력을 크게 우선시하지 않았다.

용비가 열 명의 무사와 식사와 술자리를 같이 하는 이유는 두 가지다.

어쨌든 그들은 사우당에 배속된 무사들이니까 용비와 세 친구의 수하인 셈이다.

그러므로 그들과 친분을 쌓으려는 것이고, 또 하나는 그들을 통해서 화봉각에 대한 여러 기초적인 정보를 알아내기 위해서다.

화봉각의 무사들 수준이 어느 정도인지는 모르지만, 사우당에 배속된 무사들은 기강이 매우 해이한 상태였다.

맨 정신일 때도 자신들의 우두머리인 용비에게 반말은 당연하고 거침없이 무례하게 굴었다. 그러다가 술이라도 한 잔 들어가면 누가 우두머리고 누가 수하인지 모를 정도로 난장

판이 돼버렸다.

화봉 옥연이 무사들을 엄선해서 사우당에 보내주지는 않더라도 평범한 무사들이 아닌 것만은 분명했다. 아마도 이들은 무사들 중에서 골칫덩이만 엄선한 것 같았다.

하지만 용비는 그것 때문에 옥연을 원망하지는 않았다. 못 쓰게 된 연장이면 고쳐서 쓰면 되고, 구부러진 못은 펴서 쓰면 될 것이라는 생각에서다.

사우당의 일층에는 주방과 식당, 편좌방, 그리고 침실이 하나씩 있어서 현도 혼자 사용하기에는 적당했다.

이층은 방이 두 개에 편좌방이 하나인데 연인 관계인 낙혼과 요조가 사용하기로 했다.

두 사람은 아직 육체적인 관계는 없었으나 둘이 죽고 못 사는 사이다.

사우당은 위로 올라갈수록 좁아지는 누각 구조라서 맨 위인 삼층이 가장 작다.

침실 겸 거실처럼 생긴 방 하나뿐이지만 꽤 넓어서 용비 혼자 쓰기에는 사치인 듯했다.

그렇지만 네 친구는 하루의 거의 대부분을 지하 일층에서 보내고 있었다.

그곳은 용비와 세 친구처럼 음침한 녀석들이 휴식을 취하고 일을 꾸미기에는 최적의 장소다.

옥연은 사우당을 아무도 건드리지 못하도록 보호해 주겠다고 약속했으나 용비는 이곳에 온 지 엿새 동안 화봉각 밖으로 한 발자국도 나가지 않았다.

중요한 볼일이 있는 것도 아닌데 안전한지 아닌지를 확인하려고 일부러 나갈 필요는 없다.

용비가 제일 걱정하고 있는 사람은 미령루에 계신 어머니지만 워낙 활달하고 거친 분이라 잘 지내고 있을 것이라고 애써 마음을 놓았다.

두 번째는 사부 완사다. 용비가 천추문의 무사들과 함께 잡혀가듯이 가고 있을 때 숙객당 내겸인 소진진이 멀리에서 입을 벙긋거리면서 알려준 '완사가 계시지 않아. 어젯밤에 사라졌어' 라는 내용이 용비가 알고 있는 전부다.

그 이후에 완사가 천추문 숙객당에 돌아왔는지, 아니면 항주를 영영 떠나 버렸는지 알 수가 없다.

그리고 보니까 용비는 사부에 대해서 알고 있는 것이 별로 없었다.

사부가 박학다식하고 의술에 능통하며 그림을 잘 그린다는 정도는 숙객당의 숙수들이나 내, 외겸인들에게 두루 알려져 있는 사실이다.

용비는 완사에게 의술과 그림, 그리고 삼원심법을 배웠다.

그리고 그가 책제목을 알려주면서 구해 읽으라고 하여 거의 천여 권에 달하는 고서와 책자들을 정독했다.

그리고 마지막에 완사는 용비를 제자로 거두어주었다. 하지만 그게 전부이고 또 끝이었다.

용비는 제자이면서도 사부의 신상에 대해서는 알고 있는 것이 전무했다.

문득 용비는 사부를 마지막으로 봤던 날 밤에 있었던 일이 생각났다. 그때 용비가 광폭도에 대해서 얘기를 하고 나자 사부는 그동안 그렸던 그림들이 담겨 있는 그림통을 내주면서 말했다.

"사부에겐 정인이 한 사람 있단다. 사람들은 그녀를 옥소선(玉簫仙)이라고 부르지. 나중에 시간이 나면 한 번 그녀를 만나러 대파산(大巴山)에 가보아라."

현재로선 그것이 용비가 알고 있는 사부에 대한 유일한 내용이고 단서였다.

옥소선이 있다는 대파산이 항주에서 서쪽으로 팔천여 리나 멀리 떨어졌으며, 사천성의 무산(巫山)과 붙어 있는 매우 험준한 산이라는 정도만 알고 있는 용비다.

그러므로 언제 대파산에 갈 수 있을지 지금으로선 막막하기만 하다.

봉래전에서 저녁식사를 일찍 마친 용비는 늘 무사들하고 어울렸으나 오늘만은 곧장 사우당으로 와서 지하 이층으로 내려왔다.

사우당 휘하 무사들이 오늘도 어김없이 술이나 한잔하자고 붙잡았으나 마음이 심란한 용비는 세 친구에게 무사들을 맡기고 왔다.

세 친구가 무사들의 치근덕거림을 잘 견딜 것이라고 믿었다. 현도는 사람이 온후하지만 낙혼과 요조는 보통 이상이다. 그 두 친구는 절대로 무사들에게 호락호락 당하지 않을 것이다.

용비는 화봉각에 온 이후에 시간만 나면 틈틈이 이곳 지하 이층에서 무공을 연마해 왔다.

틈틈이라고 해봐야 식사를 하는 시간과 친구들과 앞으로의 일을 상의하는 시간을 제외한 모든 시간을 오로지 무공 연마에만 투자했다.

하지만 무공 연마라고 해봤자 딱히 가르쳐 주는 사람이 없어서 혼자 깨우치고 연마할 수밖에 없는 형편이다.

그러므로 뭐가 잘하는 것이고 뭐가 잘못됐는지 알 수가 없어서 답답할 때가 한두 번이 아니다.

그렇지만 그는 사부가 없고 가르쳐 주는 사람이 없는 것을 탓하지 않았다.

원래 철이 들면서부터 모든 일을 스스로 해결했기 때문에 혼자 하는 것에는 이력이 났다.

이곳 지하 이층에서 용비가 무공 연마를 하는 것을 보고 현도가 무공실(武功室)이라고 부른 후부터 이곳은 자연히 무공실이 되었다.

이곳은 사방이 탁 트인 그냥 하나의 널따란 공간이다. 한쪽 구석에 나무 궤짝 같은 것이 여러 개 아무렇게나 방치되어 있었는데, 용비가 내용물을 확인하지도 않고 모두 들어다가 밖에 내다 버렸다. 그랬더니 그 다음날 아침에 깨끗이 치워져 있었다.

사부 완사는 삼원심법에는 삼강과 사공이 있다고 말해주었다. 삼강은 태미신강, 자미신강, 천시신강이고, 사공은 청룡공, 백호공, 주작공, 현무공이다.

현재 용비는 사공 네 가지 기운을 일으킬 수 있는 가장 기초적인 단계에 도달한 상태다.

원래 청룡공과 백호공은 일으킬 수 있었으며, 그 후 이곳에서 부단히 노력하여 주작공과 현무공을 체내에 일으킬 수 있게 되었다.

그가 예전에 시험해 본 결과 청룡공은 파괴의 힘이고 백호공은 태워 버리는 힘이었다.

하지만 주작공과 현무공은 아직 시험해 보지 않았다. 이곳 무공실에서 석벽을 상대로 전개했다가 무슨 일이 일어날지 모르기 때문이다.

또한 그의 오른팔에 문신처럼 새겨져 있는 사신검도 연습해 보지 않았다.

그렇지만 오른팔에 사공을 주입하면 사신검이 뿜어져 나온다는 사실은 짐작하고 있다.

지난번에 그는 소선개에게 대책 없이 당할 때 다급한 상황에 사용해 본 적이 있었다.

사부는 삼원신강을 완성하기 전에는 사신검을 절대로 사용하지 말라고 당부했다.

왜 그런 것인지 이유는 모른다. 단지 사신검을 잘 다루지도 못하면서 함부로 사용하지 말라는 뜻 정도로 해석하고 있을 뿐이다.

용비는 아직 삼원심공의 사공조차 제대로 연마하지 못한 상태인데 그 위의 단계인 삼강, 즉 삼원신강까지 터득하려면 앞으로 까마득하다.

사실 청룡공을 극성까지 연마하면 청룡파멸공, 백호공은 백호극열공, 주작공은 주작비천공(朱雀飛天功), 현무공은 현무극빙공(玄武極氷功)이라고 부른다.

그것은 과거 완사, 아니, 만절기황이 천하를 주유하면서 수많은 고수들을 물리쳤던 너무나 잘 알려진 무공이다.

만절기황은 사공 위의 단계인 삼강을 평생 열 번도 전개하지 않았다.

그러면서도 천하에 적수를 찾을 수 없을 정도로 독보적인 위치를 누렸다.

"일단은 삼원심공의 사공부터 차근차근 연공하자."

용비는 나직이 중얼거리면서 방 한가운데 바닥에 가부좌의 자세로 앉았다.

예전에 그는 아무것도 모르는 상태에서 줄기차게 삼원심법만을 연공했었다.

하지만 삼원심법을 운공하여 사공을 일으키는 단계가 삼원심공이라는 사실을 알고 나서는 운공조식의 방법을 크게 변화시켰다.

얼마 전까지만 해도 그는 단전에 축적된 진기, 즉 삼원진기(三垣眞氣)를 바탕으로 운공을 했었지만 지금은 삼원심공으로 네 개의 공력, 즉 사공을 직접 일으켜서 전신 사지백해로 보내 운공을 하고 있다.

그것은 삼원심법의 단계를 거치지 않는 방법이며 새로 깨우친 것이다.

그 결과 불과 며칠 만에 세 가지 놀라운 변화가 일어났다.

첫째, 삼원심법과 삼원심공을 분리할 수 있게 되었다. 즉, 삼원심법을 운공하면 삼원진기가 일으켜지고, 삼원심공을 운공하면 사공이 저절로 일으켜지는 것이다.

둘째, 예전에는 몰랐던 힘이 온몸에 충만해졌다. 삼원심법으로 운공조식을 했을 때에도 건강했었는데 삼원심공으로 운공조식을 하면 예전하고는 다른 폭발할 것 같은 강렬한 힘이 느껴졌다. 그리고 청룡, 백호, 주작, 현무의 사공이 온몸에 충만해진다.

셋째, 삼원심공으로 운공조식을 하여 일으켜진 사공은 그가 마음먹기에 따라서 운공조식을 끝낸 후에도 체내에 계속 남아 있게 되었다.

즉, 아무 때나 어디에서나 구태여 운공조식을 하지 않고서도 사용할 수 있게 된 것이다.

용비는 불과 며칠 만에 새로운 세계를 경험하고 있는 중이다. 그래서 그는 요즘 삼원심공에 심취되어 있다. 그것은 그가 지난 사 년여 동안 꾸준히 삼원심법을 운공해 왔기에 가능한 일이었다.

또한 그는 두 가지 무공 초식을 틈틈이 수련하고 있다. 삼강을 완벽하게 터득할 때까지는 오른팔의 사신검을 사용할 수 없기 때문에, 사공을 발휘할 다른 무공 초식이 필요하다고 판단한 것이다.

그래서 익히고 있는 것이 천추문의 성명 권각술과 성명 검법 한 가지씩이다.

권각술은 낙영권(落影拳)이고 검법은 천추신뢰검이다. 둘 다 용비가 천추문 제자들에게 해독해 주었던 내용이라서 훤하게 꿰고 있으므로 익히는 데에는 전혀 문제될 것이 없다.

그는 천추문의 수십 개에 달하는 무공서를 해독했었는데 그것들 중에서 권각술은 낙영권, 검법은 천추신뢰검이 최고라고 판단했다.

第十四章 한정과 수진랑

萬能書生

"저… 당주(堂主)님."

용비가 웃통을 벗은 채 땀을 뻘뻘 흘리면서 맨손으로 천추 신뢰검을 수련하고 있을 때 문이 살짝 열리고 기어 들어가는 듯한 여자의 목소리가 들렸다.

그러나 용비는 무공 연마 때문에 무아지경에 빠진 상태에서 미친 듯이 오른팔과 두 발을 움직이고 있는 터라 그 목소리를 듣지 못했다.

그러자 문이 반쯤 열리고 하녀 복장의 여자가 조심스럽게 안으로 들어섰다.

그녀는 십팔구 세가량의 소녀이며 갸름한 얼굴에 눈이 크고 체구가 자그마한 예쁘장한 용모인데, 사우당에 배정된 전속 하녀로 막막(寞寞)이라는 특이한, 아니, 이상한 이름을 지니고 있었다.

막막은 같은 하녀들에게 따돌림을 당하기 때문에 친구가 없이 언제나 외톨이다.

그래서 자포자기하고 있던 터에 사우당의 하녀가 되겠다면서 자원하여 이곳에 왔다.

그녀는 실내에 들어와서도 용비의 뒤에 서서 두 번 더 조심스럽게 불렀다.

그녀가 용비를 부르는 호칭 '당주'는 그가 사우당의 우두머리, 즉 사우당주이기 때문이다.

쿵!

"당주님!"

용비가 알아차리지 못하자 막막은 갑자기 발로 바닥을 세차게 구르면서 바락 고함을 질렀다.

용비는 깜짝 놀라서 수련을 멈추고 땀을 뻘뻘 흘리면서 막막을 돌아보았다.

"아… 막막. 무슨 일이냐?"

막막은 목에 핏대를 세우며 두 주먹을 움켜쥐고 바락바락 악을 써댔다.

"도대체 당주님이라고 몇 번이나 불러야 알아듣겠어요?"

"어… 그런가?"

용비는 얼굴의 땀을 닦으며 태연하게 대꾸했다. 그는 막막에게 이렇게 당하는 것이 지금까지 다섯 번째라서 별로 놀라지 않았다.

막막은 이런 괴팍함, 그리고 돌변하는 행동 때문에 동료들에게 따돌림을 당했다.

그녀는 그러지 않으려고 사력을 다하고, 한 번 그러고 나서는 피눈물을 흘리면서 후회를 하는데도 도저히, 아니, 절대로 고쳐지지가 않았다.

하지만 이것이 전부가 아니다. 이것은 그녀의 괴팍한 성격의 한 일면인 뿐이다.

"당주님 부하 한 명이 만나러 왔어요! 어서 나가보지 않고 뭐하세요?"

"알았다."

용비를 비롯하여 사우당 친구들은 하나같이 괴팍함으로 똘똘 뭉친 성격이라서 막막을 이상하게 생각하지 않았다. 그런 점에서 막막은 이곳 사우당이 정말 편하고 좋았다. 오죽하면 고향 같은 생각이 들 정도였다.

용비가 상의를 입고 방을 나가자 뒤늦게 제정신을 차린 막막은 얼굴이 하얗게 질리고 몸을 오들오들 떨면서 어쩔 줄을 몰라 했다.

　'아아… 어쩌면 좋아? 또 당주님께 지랄발광을 해버렸어. 나라는 년은 도대체…… 흑!'

　봉래전에서 온 무사는 계집애처럼 예쁘장하게 생긴 설매(雪梅)라는 이름의 스무 살 안팎의 사내 녀석이다. 만약 그에게 여장을 입혀놓는다면 이곳 화봉각에서도 족히 일급기녀 이상의 대접을 받을 것이 분명하다. 그 정도로 아름다운 용모를 지녔다.

　용비가 며칠 동안 지켜본 바에 의하면 설매는 계집처럼 생긴 것 때문에 동료들에게 괴롭힘을 당하고 있었다.

　하지만 그는 용모뿐만이 아니라 성격마저도 여자, 그것도 몹시 여린 성품의 여자 같아서 동료들이 놀리고 괴롭히면 마주 싸울 생각은 하지 않고 울음을 터뜨리거나 남몰래 구석진 곳을 찾아가서 훌쩍이기 일쑤였다.

　그래서인지 사우당에 배속된 열 명의 무사 중에서 설매가 다른 아홉 명의 뒷바라지나 잔심부름 따위 궂은일을 도맡아서 하고 있는 실정이다.

　"대도가(大刀哥)께서 당주님을 부르세요."

　사우당 일층 현관 앞에 우뚝 서 있는 용비를 보고 주눅이 든 듯 설매는 기어드는 목소리로 겨우 말했다. 그는 목소리도 매우 가늘고 높아서 여자보다 더 고왔다.

대도가는 열 명의 무사들 우두머리쯤 되는 사내다. 누가 우두머리를 하라고 시킨 것도 아닌데 워낙 덩치가 크고 성질이 광포하며 그들 중에서 그래도 무술 실력이 제일 나은 탓에 우두머리 노릇을 자처하고 있다.

그가 용비를 부른다는 것이다. 그렇다면 그것은 무사들 모두의 뜻이라고 봐야 한다.

'대도가' 란 그가 무기로 커다란 대도를 사용하고 또 모두가 형으로 떠받들고 있기 때문이다.

"무엇 때문이냐?"

설매는 용비를 똑바로 쳐다본 적이 없다. 그의 소름끼치는 분위기를 감당하지 못하기 때문이다.

자기를 괴롭히는 동료들도 쳐다보지 못하는데 용비인들 쳐다볼 수 있겠는가.

만약 쳐다봤다가는 그 자리에서 비명을 지르며 오줌을 지리고 말 것이 분명하다.

설매는 고개를 푹 숙이고 기어드는 목소리로 겨우 말했다.

"모두들… 술… 마시는데 당주님만 계시지 않다고… 당주께서 오셔서 술시중을 들라고 합니다."

설매의 좋은 점 하나는 말을 돌려서 하지 않는다는 것이고 솔직하다는 것이다.

"술시중?"

무사들의 어지러운 기강과 누가 윗사람인 줄 모르고 기어오르는 행동을 며칠 동안 그냥 두고봐 왔던 용비가 마침내 폭발했다.

수하가 당주더러 와서 술시중을 들라니 명백한 하극상이다. 이런 놈은 제대로 밟아줘야만 한다.

용비는 오늘 밤에는 일단 무사들의 기를 꺾어놓을 필요가 있다고 생각했다.

"가자."

그는 설매를 앞세워 사우당과 봉래전을 연결하는 다리를 향해 성큼성큼 걸어갔다.

그때 사우당 문밖으로 살짝 고개를 내민 막막이 어떻게 할까 잠시 망설이는 듯하더니 총총히 용비의 뒤를 따라갔다. 그가 걱정됐기 때문이다.

용비가 봉래전에 도착했을 때 술판은 일촉즉발의 위기상황으로 돌변해 있었다.

저녁식사 후에 용비는 현도와 낙혼, 요조를 남겨두고 왔었는데, 지금 그들 세 명과 무사 아홉 명이 두 패로 갈라져서 충돌하기 직전의 상황이었다.

아마도 설매에게 용비를 데려오라고 시킨 이후에 벌어진

일인 것 같았다.

탁자는 뒤집혀 있고 바닥에는 요리 그릇과 술병이 깨져서 난장판으로 변했다.

용비는 들어서는 순간 어떻게 된 일인지 직감했다. 대도가와 무사들의 거칠고 형편없는 태도에 성질 급한 낙혼과 요조가 참지 못하고 감정을 터뜨린 것이 분명했다.

여태까지는 용비가 식사시간이나 술자리에 함께 있었기 때문에 그를 봐서 참고 있었던 그들이었지만, 용비가 없는 오늘 기어코 한판 일을 벌인 것이다.

용비가 실내에 들어섰는데도 대도가와 무사들은 인사는커녕 눈도 까딱하지 않았다.

그거 하나만 봐도 그를 두려워하는 것은 고사하고 자기들의 만만한 밥으로 여기고 있는 것이 분명했다.

어차피 무사들은 사우당에 배속된 것이고, 앞으로 그들을 말썽 없이 부리려면 한 번쯤 기강을 바로잡아야겠다고 생각했던 용비다. 그날이 오늘이 된 것이다.

용비를 보고 현도와 낙혼, 요조의 잔뜩 찌푸렸던 얼굴이 조금 풀어졌다.

그렇다고 안도하는 것이 아니다. 현도를 제외하고 낙혼이나 요조는 도무지 겁을 모르는 성격이다. 그들은 나름대로 친구인 용비가 온 것을 반기고 있는 것이다.

　용비는 현도들 쪽으로 가지 않고 두 무리가 대치하고 있는 중간쯤에 서서 무사들 쪽으로 돌아섰다.

　설매는 어떻게 할까 망설이다가 주춤거리면서 무사들 쪽 맨 뒤에 가서 섰다. 용비를 응원하고 싶지만 그랬다간 후환이 두렵기 때문이다.

　용비를 보는 대도가는 입술 끝을 씰룩이며 점점 더 재미있어진다는 미소를 지었다.

　그는 키가 용비만큼 큰데다가 덩치는 두 배 이상이다. 그렇다고 뚱뚱한 것이 아니라 온몸이 바윗덩이처럼 단단한 근육질이다.

　용비는 지난 닷새 동안 무사들과 술자리를 함께하면서 그들에 대해서 웬만큼 알게 되었다.

　그것에 의하면 대도가는 무술 중독자라고 할 정도로 무술을 연마하는 것을 좋아한다.

　그러므로 그의 근육질 체구는 순전히 혹독하게 무술을 연마해서 얻어진 것이다.

　대도가는 일반적인 도보다 두 배 이상 큰 도, 즉 대도를 오른손에 쥐고 있다.

　보통은 도를 어깨에 메든가 허리에 차는 게 상식인데 그는 도집도 없는 맨 도를 언제나 손에 쥐고 자랑스럽게 휘두르면서 다닌다. 다분히 위협용이다.

“이봐, 당주. 자네 친구들이 한번 해보자는 것 같은데 어떻게 생각하나? 응? 내가 쟤들 손 좀 봐줘도 괜찮은지 자네가 한번 말해보게.”

대도가가 히죽거리면서 용비에게 말하자 다른 무사들은 킬킬거리며 비웃듯이 한마디씩 거들었다.

“우헤헤! 어떻게 하긴? 당주와 그 떨거지들이 잽싸게 대도가 앞에 무릎 꿇고 싹싹 빌어야지!”

“낄낄낄! 당주 자리를 대도가에게 두 손으로 받쳐서 올리면 이 상황이 잘 무마되지 않을까?”

순간 낙혼이 품에서 쇠꼬챙이를 뽑자마자 곧장 앞으로 달려나가며 외쳤다.

“이 개새끼들아! 목에 바람구멍을 뚫어주겠다!”

“혼.”

용비가 짧고 나직하게 부르자 낙혼은 그의 옆을 스쳐 지나다가 뚝 멈춰 섰다. 그리고는 아무 일 없었다는 듯이 분노를 삭이며 원래 자리로 돌아갔다. 세 친구에게 있어서 용비의 말은 곧 법이다.

용비는 대도가를 똑바로 주시하며 나직이 중얼거렸다.

“대도, 앞으로 나와라.”

무사들의 기를 꺾기 위해서 다 상대할 필요가 없다. 그들이 우두머리로 여기고 있는 한 놈 대도가만 부러뜨려 놓으면 그만이다.

'대도가'의 '가(哥)'는 형이라고 부를 때 붙이는 것이므로 용비는 그저 '대도'라 부른 것이다.

용비가 작정을 하고 말하자 그의 조금 격해진 감정 때문에 얼굴과 몸에서 더욱 강렬한 으스스함이 뿜어졌다.

얼마나 지독한 분위기인지 기고만장해서 건들거리던 무사들이 한순간 움찔하며 잠잠해졌다.

만약에 그들이 용비에 대해서 모르는 생면부지의 관계였다면 지레 겁을 먹고 물러날 수도 있는 상황이다.

하지만 그들은 곧 정신을 수습하고 용비가 별 볼일 없는 사우당주라는 사실을 기억해 냈다.

그러나 그들은 용비에 대해서 전혀 모르고 있다. 그의 실체에 대해서 조금이라도 알았더라면 절대 이렇게 행동하지 않았을 것이다.

대도가는 자기가 용비의 분위기 때문에 잠시나마 긴장했었다는 것 때문에 기분이 나빴다.

그래서 그 사실을 무마시키기 위해서 오히려 더 과장된 걸음걸이로 용비에게 걸어가면서 수중의 대도를 역시 필요 이상으로 크게 붕붕 휘둘렀다.

"그래! 왔다! 어쩔 건데?"

"무릎 꿇어라."

용비의 조용한 명령에 대도가는 상체를 뒤로 젖히고 호탕하게 웃음을 터뜨렸다.

"우핫핫핫! 이 자식이 간이 배 밖으로 튀어나왔구나!"

용비에게는 삼원심공, 즉 사공이 있다. 그래서 그는 대도가쯤은 우습게 여긴다.

하지만 그가 그런 실력이 없었다고 해도 이런 상황을 오래 견디지는 않는다.

능력이란 힘만이 전부가 아니다. 힘이 없더라도 그에겐 총명한 두뇌가 있으므로 대도가 정도는 아주 쉽게 찜 쪄서 먹을 수 있다.

윙!

용비의 오른 주먹이 곧장 대도가의 앙가슴을 향해 허공을 가르는 소리가 한겨울의 북풍처럼 거세게 들렸다.

이런 건 초식을 쓸 필요조차 없다. 바로 코앞에 있는 놈을 때리는 것이므로 정확하게 가격만 하면 되는 일이다.

뻑!

"우왁!"

용비의 주먹이 대도가의 가슴 한복판에 적중되자 잘 드는 도끼로 통나무를 쪼갤 때의 음향과 처절한 단말마의 비명이 동시에 터졌다.

그리고 믿을 수 없게도 대도가의 거대한 상체가 뒤로 확 젖혀져서 쏜살같이 맞은편 벽을 향해 날아갔다.

퍼퍼퍽!

"우앗!"

"어이쿠!"

그런데 뒤쪽에 서 있던 무사 몇 명이 날아가는 대도가의 몸에 부딪혀서 우르르 쓰러졌다.

쿵!

그런데도 대도가는 삼 장이나 날아가서 벽에 무지막지하게 부딪혔다가 바닥에 나뒹굴었다.

그는 벽 아래 바닥에 구겨지듯이 쓰러진 채 푸들푸들 몸을 떨면서 꼼짝도 하지 못했다. 애지중지하는 대도는 어디로 날아갔는지 보이지도 않았다.

눈은 반쯤 떠 있는데 초점이 없으며, 바보처럼 벌어진 입에서는 피와 침이 섞여서 질질 흘러나왔다.

그리고는 그의 눈에서 눈동자가 점점 사라졌으며 떨림이 잦아들더니 이윽고 멈추었다. 말하자면 눈을 허옇게 까뒤집은 채 혼절해 버린 것이다.

실내에서는 아무도 움직이지 않았고 입을 여는 사람도 없었으며 숨소리조차 들리지 않았다.

모두들 용비와 대도가를 번갈아 쳐다보면서 혼비백산한 표정을 짓고 있었다.

용비의 주먹 한 방에 그보다 체중이 두 배 이상이나 나갈 듯한 대도가가 무려 삼 장이나 쏜살같이 날아가서 벽에 부딪혀 혼절해 버렸다.

아니, 살펴보지 않았으므로 이미 숨이 끊어졌을 수도 있다. 그렇다면 용비가 대도가 정도의 우람한 거구를 단 한주먹에 골로 보냈다는 말이다.

이곳에 있는 사람들 중에서 그 정도의 실력을 지니고 있는 사람은 아무도 없다.

아니, 이런 놀라운 광경을 어디서라도 직접 눈으로 목격한 사람조차도 없다.

그러나 현도들과 무사들이 느낀 놀라움은 질이 달랐다. 두 무리가 몹시 놀랐다는 점에서는 같지만, 현도들은 기쁨의 놀라움이고, 무사들은 공포의 놀라움이다.

'당주님……'

용비가 열어놓고 들어온 문밖에서 안을 들여다보고 있던 막막은 두 손을 가슴에 모으고 눈물을 글썽거렸다. 용비가 걱정돼서 몰래 따라와 조마조마하게 지켜보던 그녀는 대도가가 처박힌 걸 보고는 십 년 묵은 체증이 쑥 내려가는 통쾌함을 맛보았다.

용비가 방금 사용한 것은 사공의 청룡공이다. 하지만 자신이 끌어올릴 수 있는 최대치의 절반 정도만 사용했다. 만약 그가 백호공을 전개했다면 대도가는 지금쯤 통구이가 돼버렸을 것이다.

용비는 천천히 무사들을 둘러보았다. 방금 전까지만 해도 용비를 발가락에 낀 때만큼도 여기지 않았던 그들은 감히 그하고 눈도 마주치지 못하고 몸을 움츠리며 설설 기었다.

용비는 대도가가 혼절했든 죽었든 상관하지 않고 몸을 홱 돌려 방을 나갔다.

현도와 낙혼, 요조는 목과 어깨가 부러질 정도로 무지하게 힘을 주면서 일부러 발걸음 소리를 크게 내며 용비를 따라나갔다.

"험! 커허험!"

"한주먹거리도 안 되는 새끼들이 까불고 있어? 확! 그냥! 죽여 버릴까 보다!"

요조가 돌아서서 주먹을 휘두르자 무사들은 찔끔하며 자라처럼 목을 움츠렸다.

용비는 이런 상황에 대해서 잘 알고 있다. 대도가를 쓰러뜨려 놓고서 무사들에게 이러쿵저러쿵 왈가왈부 설교를 늘어놓으면 효과가 반감되고 만다.

이럴 때는 아무 말도 하지 않고 사라지는 것이 최고다. 그러면 무사들이 알아서 기게 되어 있다.

　　　　　*　　　　　*　　　　　*

　한정은 미령루 입구에서 잠시 동안 주루 문을 두드렸으나 아무도 나오지 않았다.

　그녀는 공력을 끌어올려 주루 안의 기척을 살피고 나서 아무도 없다는 사실을 알았다.

　그녀가 뒤로 몇 걸음 물러나서 미령루를 지키고 있는 천추문 무사들에게 용비 어머니에 대해서 뭔가를 물어보려는데, 함께 온 수진랑이 미령루 모퉁이를 돌아가 골목 안으로 들어가는 것을 발견했다.

　한정이 급히 따라가 보니까 수진랑은 어느 대문 앞에 멈춰 서 있었다. 한정은 그곳이 미령루의 안채라고 생각했다.

　지금 수진랑은 정말 멋들어진 비단 경장을 입고 있었다. 한정이 알고 있는 수진랑은 언제나 남루한 갈의경장을 입었으며 그 옷이 단벌이었다.

　아마 그녀는 처음 천추문에 들어왔을 때에도 그 옷을 입고 있었을 것이다.

　물론 그때는 새 옷이었으나 지난 사 년 동안 줄기차게 입었으니 지금은 거의 누더기가 된 상태다. 하지만 사 년 전에도 그것은 싸구려 무명 경장이었다.

　옷이 날개라는 옛말이 틀리지 않았다. 비단의 화려한 경장을 입은 수진랑은 아름답기 그지없는 모습이며 명문무가 출신처럼 보였다.

한정은 가난한 그녀가 어디에서 돈이 생겨 이렇게 좋은 옷을 사 입었는지 궁금했으나 묻지는 않았다.

수진랑이 대문을 한 번 가볍게 밀자 움직이지 않았다. 그러자 그녀는 곧 대문 옆 담 아래쪽에 뚫린 구멍 속으로 손가락을 집어넣어 구부러진 철사 하나를 꺼냈다.

지난번에 용비가 요조를 구하려고 개방제자들과 싸우다가 다쳤을 때, 용비를 업고 달려온 수진랑은 집까지 함께 온 현도가 하는 것을 잘 봐두었다.

수진랑은 구부러진 철사를 문틈으로 집어넣어 용비처럼 능숙한 솜씨로 잠긴 빗장을 금세 열었다.

지켜보고 있던 한정은 적잖이 놀라고 또 감탄했다. 또한 수진랑이 용비와 함께 집에도 와봤다는 것을 깨달았다. 그러자 수진랑이 자기보다 용비를 더 잘 알고 있다는 사실에 괜히 그녀가 부럽다는 생각이 들었다.

수진랑은 대문을 열어놓고는 거침없이 안으로 들어갔다. 그러나 곧 다시 나와서 밖에 서 있는 한정을 보며 왜 따라 들어오지 않느냐는 손짓을 해 보였다.

한정은 지난번에 이 집에 와본 적이 있으나 그때는 주루를 통해서 들어갔었다.

그녀가 머뭇거리는 이유는 남의 집을 이렇게 함부로 문을 따고 들어가도 되느냐는 것이었으나 수진랑은 아무렇지 않게 행동했다.

한 번 밖으로 나와본 수진랑은 고개를 까딱하며 들어오라는 시늉을 해 보이고는 다시 들어갔다. 이번에는 한정도 따라 들어갈 수밖에 없었다.

수진랑은 마당을 가로질러 아담한 본채 앞에 멈춰서 가만히 문을 잡아당겼다.

문이 열리자 역시 거침없이 안으로 들어갔다. 한정은 이번에는 망설이지 않고 바짝 따라서 들어갔다.

수진랑과 한정이 이곳에 온 이유는 혹시 용비가 집에 왔을까 기대한 것이 아니다. 순전히 용비 어머니 미령의 안부가 궁금해서였다.

용비가 없으면 자신들이 어머니를 대신 돌봐야 한다고 그녀들은 생각하고 있다.

집 안으로 들어선 수진랑은 무엇인가를 감지하고 흠칫 표정이 변하더니 급히 미령의 방으로 달려갔다.

한정은 아무것도 느끼지 못했지만 수진랑의 행동에 뭔가 불길함을 느끼고 그림자처럼 그녀의 뒤를 따라갔다.

"앗!"

방으로 들어선 한정은 침상 아래에 미령이 쓰러져 있는 것을 발견하고 놀라서 낮은 비명을 질렀다.

한정이 며칠 전에 봤을 때 미령은 오십대로 보였으나 지금은 칠십대 노파가 된 모습이다.

더구나 피골이 상접한 끔찍한 몰골이었다. 만약 미령이 며칠 전에 봤던 그 옷을 입고 있지 않았더라면 그녀인지 알아보지 못했을 것이다.

수진랑은 방금 전에 문을 열고 들어오자마자 미령의 호흡과 심장박동이 심상치 않은 것을 감지했던 것이다.

하지만 한정은 방 안에 들어와 미령을 보고서야 그녀의 호흡과 맥박, 심장박동이 극히 미약한 것을 감지했다.

그것 하나만 봐도 수진랑이 한정보다 무공이 높다는 사실을 알 수가 있다.

수진랑은 즉시 미령을 안아 조심스럽게 침상에 눕히고는 그녀의 맥을 짚었다.

한정은 지켜보기만 할 뿐 개입할 틈을 찾지 못했다. 지금 수진랑의 모습과 표정은 평소 한정이 알고 있던 그녀가 전혀 아니었다.

수진랑의 당장 사람을 갈가리 찢어죽일 듯한 살기도, 얼굴 앞에 늘 세워져 있는 잘 벼려진 칼날도 보이지 않았다.

그녀는 다만 미령을, 아니, 친어머니를 지극히 염려하는 딸처럼 보였다.

　그걸 보면서 이상하게도 한정은 자신이 자꾸만 초라해지는 느낌을 떨쳐 버릴 수가 없었다. 자신과 수진랑이 비교가 되기 때문이다.

　이어서 수진랑은 미령의 손목을 통해서 부드러운 진기를 주입하기 시작했다. 수진랑의 표정은 너무도 진지해서 엄숙할 정도로 보였다.

　한정은 초조한 표정으로 물끄러미 미령을 굽어보았다. 미령의 얼굴에서는 세월과 고생의 흔적이 역력했다.

　한정은 열하루 전에 미령을 처음 봤을 때 그녀가 오십대라고 생각했다. 그래서 용비를 늦게 낳은 아들인가 보다 여겼다.

　미령이 그렇게 보였기 때문에 한정이 그렇게 생각하는 것도 무리가 아니다. 그런데 지금 미령의 모습은 칠십대 노파의 모습으로 변해 있었다.

　얼마나 아들 용비를 걱정했으면 불과 열하루 동안에 이런 모습이 되었을까 생각하니까 한정은 가슴이 미어지고 눈물이 솟구쳐 올랐다.

　그러나 미령의 실제 나이가 사십삼 세라는 사실을 알면 한정은 기절초풍할 것이다.

　한정은 오늘까지 세 번 이곳에 왔다. 첫 번째는 미령루에서 미령을 괴롭히는 개방제자들을 혼내서 쫓아 보냈고, 두 번째는 그로부터 닷새 후에 혼자 왔었다.

그때 미령은 미령루에서 사내들과 어울려 술을 마시면서 희희낙락하고 있었다.

그런 그녀의 모습에서는 집에 오지 않는 아들을 걱정하는 모습은 추호도 찾아볼 수가 없었다.

그래서 한정은 아들이 사라졌는데 모친이 어떻게 이처럼 태평할 수가 있는지 의아하게 생각했었다.

그런데 그게 아니었다. 세상의 모든 어머니들이 다 그렇듯이 미령도 다르지 않았다.

그녀는 속으로만 아들을 걱정했고, 마침내 그것이 한계에 도달하여 이 지경이 되고 말았다.

"아……."

그때 미령이 가느다란 신음을 토해내며 깨어나려고 하자 수진랑이 급히 물러섰다.

그리고는 한정의 팔을 잡고 얼른 그녀를 침상 가까이에 밀고 미령의 손을 잡게 했다.

한정은 순간적으로 의아해서 수진랑을 쳐다보았으나 곧 그녀의 의도를 알아차렸다.

수진랑은 미령에게 한정이 그녀를 치료해서 깨어나도록 한 것처럼 보이고 싶은 것이다.

한정은 왜 그러느냐고 물으려고 돌아보았으나 수진랑은

어느새 평소의 살벌한 모습으로 돌아가 있었다. 또 그때 미령이 눈을 뜨고 입을 열었다.

“아… 누구…….”

미령은 방금 혼절에서 깨어나 사물을 잘 분간하지 못하는지 잠시 눈을 깜빡이다가 잠시 후에야 한정을 알아보고 환한 표정을 지었다.

“아아… 소문주께서…….”

한정은 힘겹게 일어나려는 미령을 조심스럽게 눕히면서 온화하게 미소 지었다.

“그냥 누워 계세요, 어머님.”

“어머님이라고…….”

한정은 자기도 모르게 ‘어머님’이라고 불렀는데, 미령은 크게 충격을 받은 듯 몸을 바르르 떨었다.

그리고는 감격에 겨워서 쭈글쭈글한 뺨을 타고 눈물이 흘러내렸다.

문득 미령의 시선이 약간 떨어진 곳에 우두커니 서 있는 수진랑에게 향하더니 화들짝 놀랐다.

“앗!”

수진랑의 남다른 첫인상에 겁을 먹은 미령은 두 손으로 한정의 허리를 꼭 안고 그녀의 가슴에 얼굴을 묻었다.

용비가 있을 때는 밥보다 술을 더 좋아하면서 기운이 펄펄

넘쳤었는데, 용비가 없는 지금은 몸도 마음도 더없이 심약해
진 미령이다.

한정은 미령이 자신에게 안겨 무서워하면서 수진랑을 보
지 않으려고 애쓰는 모습을 보고 마음이 편하지 않았다.

"어머님, 사실은……."

한정이 무슨 말을 하려고 하자 수진랑이 눈을 부릅뜨며 그
러지 말라는 눈짓을 보냈다.

한정은 수진랑이 자기보다 더 미령을 걱정한다는 생각이
들었다. 그랬기 때문에 방에 들어서는 순간 한정보다 더 빨리
조치를 취했던 것이다. 원래 마음이 가는 곳에 몸도 따라서
가는 법이다.

그런데 그것도 모르는 미령이 깨어나자마자 수진랑을 무
서워하니 한정은 가슴이 답답했다.

第十五章 첫 일거리

萬能書生

용비네 집에서 한 시진쯤 머물면서 미령을 위로한 한정과 수진랑은 그곳을 나와 개방 항주 분타로 향했다.

사실 미령을 위로한 것은 한정 혼자다. 미령이 무서워하기 때문에 수진랑은 혼자 마당에 나와서 우두커니 서서 한정을 기다렸다.

수고는 수진랑이 다 하고 생색은 자신이 낸 꼴이라서 한정은 영 마음이 편하지 않았다.

개방 항주 분타는 항주 서문 밖 서호 변 우거진 송림 안에 위치해 있다.

규모가 큰 관제묘를 중심으로 주위에 십여 채의 허름한 집들을 지어놓은 것이 개방 항주 분타다.

한정과 수진랑이 왔다는 보고를 받고 항주 분타주 일척붕개(一擲崩丐)가 직접 마중을 나왔다.

"아직 보고드릴 만한 소식이 없소이다."

일척붕개는 커다란 덩치에 산적처럼 험상궂게 생긴 외모와는 달리 송구한 듯 한정에게 말했다.

한정과 수진랑은 한여름 대낮에 찌는 듯이 더운 항주 분타의 허름한 집 안에 들어가기가 싫어서 탁 트인 송림 안의 모래밭에 앉아 있었다.

"그가 항주에 없는 것만은 분명하오."

일척붕개는 장담하듯이 주먹으로 손바닥을 치며 못을 박았다. 개방이 이 잡듯이 뒤져서 찾지 못했다면 항주에 없는 것이 분명하다고 그는 확신했다.

"어디를 찾아봤나요?"

"항주 성 안팎을 샅샅이 뒤졌소. 하다못해 지나가는 여자의 치마 속까지도 다 들여다보았소."

일척붕개가 이렇게까지 말한다면 용비는 더 이상 항주에 없는 것이 분명한 것 같았다.

"찾아보지 않은 곳도 있겠지요?"

용비를 포기하고 싶지 않은 한정은 어떻게든 지푸라기라
도 잡으려고 일말의 희망을 품고 물었다.

"물론 있소."

"예를 들면?"

"천추문과 신룡보를 비롯한 항주오세, 현청, 성주의 저택
등은 찾아보지 않았소."

한정은 맥이 빠졌다. 용비가 그런 곳에 있을 리가 없다.

한주먹에 바위를 부순다는 텁석부리 일척붕개는 착잡한
표정을 짓고 있는 한정을 보며 위로하듯 말했다.

"현재 개방의 안휘성과 강소성, 복건성 분타들에게 협조를
요청했으니까 조만간 좋은 소식이 있을 것이오."

그는 소선개가 화영로에서 장사를 하는 사람들에게 보호
비를 뜯어냈다는 것과 그의 수하들이 미령루에 쳐들어가서
미령을 구타한 사실을 나중에 알게 되어 천추문에 찾아가서
백배사죄를 했다.

하지만 사실 그는 자신의 휘하에 있는 다섯 명의 조장이 그
런 방법으로 상인들에게 돈을 뜯어낸다는 사실을 오래전부터
알고 있었다.

아니, 알고 있다기보다는 그들 다섯 조장은 그런 짓을 사실
일척붕개에게 배운 것이었다.

오래전에 일척붕개가 일개 조장이었던 시절에 그는 수하

들과 함께 거리를 주름잡으면서 보호비를 뜯으러 다녔다.

이후 일척붕개가 항주 분타주가 되고 데리고 다니던 다섯 똘마니는 나란히 조장이 되었다. 그리고는 과거에 일척붕개가 했던 짓거리를 그대로 답습했다. 그 다섯 조장 중에 소선개도 포함되어 있었다.

어쨌든 일척붕개는 이번 일, 즉 용비를 찾는 일에 전력을 다하고 있다.

그를 찾아내야지만 소선개의 일을 웬만큼이나마 상쇄할 수 있다고 생각하기 때문이다.

그러지 못하면 보호비를 뜯는 것 때문에 두고두고 천추문에 고개를 조아려야만 할 것이다.

"계속 노력해 주세요. 그를 찾아만 준다면 은혜는 잊지 않겠어요."

"어이구… 은혜는 무슨……."

한정이 일어서자 일척붕개도 따라 일어서면서 과장된 몸짓으로 너스레를 떨었다.

한정과 수진랑은 개방 항주 분타가 있는 송림을 나와 서문을 향해 뻗어 있는 관도를 나란히 걸어가고 있었다.

그때 두 여자는 관도 맞은편에서 행인들에 섞여서 대여섯 명의 거지들이 이쪽으로 몰려오고 있는 것을 발견했다.

한정은 개방 항주 분타가 가까우니까 그곳에 가는 개방제 자이겠거니 생각했다.

하지만 수진랑은 달랐다. 그녀의 시선은 거지들 중에서 한 명의 얼굴에 꽂혀 있었다.

[저놈. 소선개입니다.]

수진랑이 전음을 보내자 한정의 늘씬한 교구가 가늘게 움찔 떨렸다.

한정은 소선개가 용비의 사우당을 괴롭히고 보호비를 뜯 어내려고 했다는 사실과 그가 수하들을 시켜서 용비의 어머 니를 구타한 것을 알고 있었으나 정작 소선개의 얼굴은 모르 고 있었다.

하지만 수진랑은 달랐다. 그녀는 원래 소선개는커녕 항주 성내에 대해서 거의 몰랐었다.

그러나 지난번에 사우당에서 용비와 친구들이 소선개 때 문에 매우 걱정하는 것을 들었고, 토지묘에 납치된 요조를 구 하는 과정에서 용비가 부상을 입은 일을 직접 목격한 후로는, 수진랑 혼자서 나름대로 소선개에 대해서 조사를 했다. 그래 서 그를 알고 있는 것이다.

[저놈은 뭔가 알고 있을 것 같은 예감이 듭니다.]

[동감이에요.]

두 여자는 전음을 주고받으면서 소선개를 향해 똑바로 빠르게 걸어갔다.

두 여자보다 한 걸음 늦게 그녀들을 발견한 소선개는 움찔 놀라더니 그 자리에 멈췄다.

그리고는 그의 얼굴에 당황함이 떠올랐고 눈동자가 쉴 새 없이 빠르게 움직였다.

그는 첫눈에 한정을 알아보았으나 수진랑은 누군지 몰랐다. 수진랑을 자세히 보면 알아낼 수 있겠으나 지금은 그럴 경황이 없다.

어쨌든 그는 자신에게 위기가 닥쳤다는 것쯤은 충분히 짐작할 수 있었다.

자기가 줄곧 사우당 특히 용비를 괴롭히고 있었다는 사실을 미령루에서 한정과 한무군에게 직통으로 걸려 버려서 개방 항주 분타주가 천추문에 찾아가서 무릎을 꿇고 백배사죄까지 한 판국이 아닌가.

천추문이 어째서 일개 외겸인인 용비 따위를 감싸고도는지는 모를 일이지만 좋지 않은 일인 것만은 확실했다.

그는 주춤주춤 뒷걸음질 치다가 갑자기 몸을 돌려 죽어라고 도망치기 시작했다.

위기가 닥쳤을 때 그가 제일 잘하는 것은 삼십육계 줄행랑이고 지금까지 많은 효과를 봤다.

휘릭!

최대한의 경공을 발휘해서 도망치고 있는 그의 머리 위에
서 옷자락 펄럭이는 소리가 가벼이 들려왔다.

언뜻 불길한 예감이 들려고 할 때 그가 달리고 있는 앞쪽에
하나의 울긋불긋한 인영이 내려서며 가로막았다.

척!

소선개는 달려가는 여세를 몰아서 앞뒤 잴 것 없이 개방의
성명 권각술인 취타십선발(醉打十仙發)을 전개하여 가로막고
선 인영의 상체에 순식간에 팔권을 와르르 쏟아냈다. 팔권 중
에 한 방이라도 제대로 맞으면 어디 한 군데 부러지거나 내장
이 터져 버리고 말 것이다.

슈슈슈슉!

워낙 빠르게 달리는 중이고, 또한 거리가 일 장 남짓이었으
며, 자신이 가장 자랑하는 취타십선발을 전개하고 있으므로,
소선개는 하늘이 두 쪽이 나도 이 공격이 무산되지는 않을 것
이라고 확신했다.

그런데 그가 믿는 하늘은 너무나도 허무하게, 그리고 쉽게
두 쪽이 나고 말았다.

쉿!

무척이나 예리한 금속이 허공을 가르는 파공성이 아주 흐
릿하게 들렸다.

“으헉!”

다음 순간 소선개는 급히 헛바람을 들이켜면서 달리는 것
과 두 주먹을 뻗던 동작을 죽을힘을 다해서 한꺼번에 멈춰야
만 했다.

날이 새파랗게 벼려진 한 자루 검첨이 불과 한 자 앞에서
그의 목 한가운데를 정확하고도 빠르게 찔러오고 있었기 때
문이다. 제때에 멈추지 못한다면 검이 목을 관통해 버리고 말
것이다.

뚝.

"흐익?"

그는 가까스로 모든 동작을 멈추는 것과 동시에 숨넘어가
는 비명을 터뜨렸다.

운 좋게 멈추긴 멈췄는데 검첨이 아주 살짝 그의 목을 찌르
고 말았다. 목 한가운데에서 뜨뜻한 피가 주르르 흐르는 것이
느껴졌다.

"흐으……."

하마터면 목 한가운데에 구멍이 뚫린 뻔했다. 한 걸음, 아
니, 반의반 걸음만 더 나갔어도 검첨이 그의 목 뒤로 뚫고 나
갔을 것이다.

그렇다는 것은 상대가 피도 눈물도 없는 냉혹한 성격의 소
유자라는 뜻이다. 소선개가 죽든 말든 추호도 상관하지 않았
던 것이다.

꼼짝도 하지 못하고 선 자세의 소선개는 동공이 풀린 눈으로 검첨의 끝 검파를 잡고 있는 사람을 쳐다보았다.

훌륭한 비단 경장을 잘 차려입은 늘씬한 미녀가 오른손의 검을 쭉 뻗고 있는 모습이 보였다.

그러나 소선개의 눈에 그보다 더 먼저 들어온 것은 그녀의 얼굴과 두 눈에서 뿜어져 나오는 무시무시한 살기였다.

그리고 그녀의 얼굴 앞에 잘 벼려진 칼날 하나가 서 있는 것을 발견했다.

그 순간 비단 경장을 입은 소녀의 신분이 무엇인지 그의 뇌리로 번갯불처럼 스치고 지나갔다.

'맙소사! 천추문의 검귀잖아!'

천추문에서는 쉬쉬하고 있지만 사실 개방의 거미줄 같은 정보망은 검귀 수진랑에 대한 한 가지 믿을 만한 정보를 작년에 알게 되었다.

순전히 무공 실력만으로는, 검귀 수진랑이 천추문에서 문주 다음으로 고강하다는 사실이다.

즉, 수진랑은 문주 일족만이 익힐 수 있는 무공을 터득하지 않고서도 일대제자로서 천추문에서 실력만으로 제이인자의 위치에 올랐다는 것이다.

그렇다는 것은 소선개가 그녀의 일초지적도 되지 않는다는 것을 의미한다.

"그냥 제게 맡기십시오."

한정과 수진랑은 소선개를 데리고 관도 변 안쪽의 숲 속으로 십여 장쯤 들어간 곳에서 그를 심문하고 있는 중이다.

아니, 정확히 말하자면 심문이 아니라 애원이다. 한정이 소선개에게 혹시 용비가 있는 곳을 알고 있다면 제발 말해달라고 통사정을 하고 있는 것이다.

그래서 보다 못한 수진랑이 자기에게 맡기라고 덤덤한 목소리로 내뱉었다.

소선개는 혈도가 제압되지 않았다. 관도상에서 그의 목에 검첨을 약간 찔렀던 수진랑이 검을 거두면서 관도 변 숲 속으로 들어가며 따라오라고 중얼거리자, 그는 최면에 걸린 것처럼 그녀의 뒤를 졸졸졸 따라서 이곳으로 왔었다.

걸어가고 있는 소선개의 뒤쪽에서 한정이 멀찌감치 따라오고 있었기 때문에 그가 마음만 먹으면 세 걸음 앞에서 걸어가고 있는 수진랑의 등을 공격할 수 있는데도 그는 끝내 그러지 못했다.

그는 자신이 어떤 공격이나 급습을 가한다고 해도 실패할 것이라는 사실을 예감했다.

그리고 이번에는 목을 살짝 찔리는 정도에서 그치는 것이 아니라 목이 뎅겅 잘릴 것이라는 사실도 짐작했다.

그래서 목에 밧줄이 묶인 것처럼 그녀를 따라 이 숲 속에 들어와서 자진해서 풀 바닥에 얌전하게 무릎을 꿇고 앉아 경청하고 있는 것이다.

소선개는 자신의 뒤에서 들려오는 수진랑의 목소리에 등골이 오싹했다.

그의 앞에 마주 무릎을 꿇고 앉은 한정은 더없이 선한 용모를 지녔으며 애원하듯이 말하고 있지만 수진랑은 절대로 그러지 않을 것이다.

모르긴 해도 소선개가 수진랑의 손에 넘어가면 결국은 죽음을 당하거나 그와 비슷한 처지에 처할 것이 분명했다. 그래서 소선개는 더없이 절박했다.

"소… 문주께선 무엇을 알고 싶으십니까?"

그는 짓눌린 듯한 목소리로 짜내듯 입을 열었다. 그러나 그는 한정이 무엇을 알고 싶어 하는지 잘 알면서도 시간을 좀 벌어보자는 속셈으로 그렇게 물었다.

"용 공자가 어디에 계신지 짐작 가는 곳이 있나요?"

한정은 몇 번이나 물었던 말을 똑같이 반복했다. 그러나 용비의 행방을 알 수만 있다면 같은 말을 백 번 천 번 반복한다고 해도 괜찮았다.

"글쎄올시다."

소선개는 심각한 표정으로 고개를 모로 꼬았다. 그러면서 일그러진 표정을 지었다.

대답을 해놓고 보니까 자기가 지금까지 대답한 것과 별반 다르지 않은 대답이었기 때문이다.

그래서 과연 자신의 뒤에 서 있는 수진랑이 어떻게 나올지 간이 콩알처럼 쪼그라들었다.

슥.

그때 소선개는 뭔가 자신의 오른쪽 어깨에 닿는 것을 느끼고 힐끗 돌아보다가 질겁했다.

"히액?!"

그의 어깨에는 조금 전에 그의 목을 찔렀던 것과 똑같은 검이 올려 있었다.

그것도 날카로운 칼날 쪽이다. 수진랑이 손에 슬쩍 힘만 주면 그의 어깨가 싹둑 잘라져 버릴 판국이다.

"팔다리를 하나씩 자르다 보면 알고 있는 것을 술술 토해 내게 될 겁니다."

이어서 수진랑의 으스스한 목소리가 한겨울 무서리처럼 소선개의 뒤통수로 흘러내렸다.

사람을 공포에 질리게 만드는 목소리는 잔뜩 분노했다든지 일부러 무섭게 보이려고 짜내는 그런 목소리가 아니다. 수진랑처럼 추호의 감정도 깃들어 있지 않은 이런 목소리가 아주 사람의 등골을 저리게 만드는 것이다.

소선개는 수진랑이라면 충분히 자신의 팔다리를 자르고도 남을 인간이라고 생각했다. 그래서 안색이 희다 못해 밀랍처럼 창백해져서 다급히 말했다.

"지, 지금은 모르지만 전력을 다해서 찾아보겠습니다! 정말입니다! 한 번만 기회를 주십시오! 네!"

조금 움직이기만 하면 칼날이 어깨에 파고들까 봐 그는 최대한 움직이지 않으려고 애썼다.

숲 밖 관도 변에는 아까 소선개와 함께 길을 가던 개방제자들, 즉 그의 수하들이 모여 서 있다.

그들은 한정과 수진랑이 소선개를 끌고 숲 속으로 들어가는 것을 뻔히 보면서도 구경할 수밖에 없었다.

그러다가 방금 숲 속에서 들려온 소선개의 처절한 애원에 모골이 송연해져서 자신들도 모르게 몸을 후드득 떨었다.

척!

수진랑은 검을 거두고 대신 오른발을 들어서 발바닥을 소선개의 뒷목에 얹었다.

"흑!"

소선개는 목이 부러지는 듯한 고통을 느끼면서 상체가 앞으로 확 구부러졌다.

"마지막 기회다."

수진랑은 그 한마디만 했다. 그것은 팔다리를 하나씩 자르는 것이나 자신의 검에 더럽게 피를 묻히는 것도 싫으니까 대답 여하에 따라서 아예 발로 소선개의 목을 부러뜨려서 단숨에 죽여 버리겠다는 뜻이다.

그리고 그것을 모를 리 없는 소선개는 이승과 저승의 갈림길에서 필사적으로 애원했다.

"저, 정말 모릅니다… 살려주십시오……."

"수 언니."

지켜보던 한정이 안타까운 표정으로 그만하라는 듯 수진랑을 바라보았다.

"소문주는 물러나십시오. 이런 놈은 죽어서 귀신이 돼봐야 정신을 차릴 겁니다."

그런데 수진랑은 소문주도 안중에 없는지 냉랭하게 말했다.

"더구나 나는 이놈이 용비를 그토록 괴롭혔다는 사실 때문에 가장 처참한 방법으로 죽이고 싶은 것을 겨우 참는 중입니다."

우두둑.

"끄으윽!"

수진랑은 두 번 말하기도 귀찮은 듯 오른발에 슬쩍 힘을 주자 소선개의 목과 등에서 뼈 부러지는 소리와 그의 처절한 비명이 터져 나왔다.

"끄끄으으… 사… 살려… 주십시오. 한 번만… 기회를 주
시면 꼭… 알아내겠……."

소선개는 얼굴이 풀 바닥에 짓뭉개진 상태에서 불투명한
목소리로 애원했다.

그를 벌레처럼 굽어보는 수진랑의 두 눈에서 와르르 살기
가 뿜어져 나왔다.

"살려고 발버둥치는 용비에게 돈을 뜯어내려고 친구를 납
치하고 그것으로도 모자라서 어머니까지 괴롭혀? 너 같은 놈
은 살아 있는 것 자체가 삶에 대한 모독이다."

수진랑은 소선개에게 용비의 행방에 대해서 묻는 것이 아
니었으면 벌써 그를 토막토막 잘라서 죽였을 것이다.

그녀가 그렇게 말하자 한정도 소선개가 용비에게 한 짓이
생각나서 더 이상 그를 옹호하고 싶지 않았다.

사실 소선개는 용비가 어디에 있는지 이틀 전에 알아냈다.
화봉각에 꼭꼭 숨어 있는 용비를 찾아내다니 그와 수하들의
능력은 실로 대단했다. 하지만 그는 분타주에게도 그 사실을
보고하지 않았으며, 그것을 알아낸 수하에게는 철저히 입단
속을 시켜두었다.

그가 그러는 데에는 이유가 있다. 천추문이 혈안이 돼서 용
비를 찾으려는 것이 광폭도의 죽음과 깊은 연관이 있을 것이
라고 믿고 있기 때문이다.

광폭도를 누가 죽였는지는 모르지만 그 시체를 소선개와 용비가 전당강 강가에서 은밀하게 태워서 재로 만들었다. 그리고 그것은 무덤까지 비밀로 지키기로 맹세했다.

아니, 맹세 따위가 중요한 게 아니다. 그런 것은 언제라도 깰 수 있다. 소선개는 맹세 때문에 목숨을 버릴 정도로 바보천치가 아니다.

그러나 광폭도가 소선개를 죽이려고 했으며, 그러던 중에 의문의 죽음을 당했다는 사실이 만에 하나 절대십천에 알려지기라도 하는 날에는, 절대 소선개 하나의 목숨으로 끝나지는 않을 것이다. 이것은 개방의 사활이 걸려 있는 중대사인 것이다.

최소한 소선개는 그렇게 생각하고 있었다. 그래서 결사적으로 용비가 있는 곳을 발설하지 않으려는 것이다.

만약 용비가 천추문에 끌려가면 버티지 못하고 모든 것을 실토하고 말 것이다.

그럼 거기에 연루된 소선개는 찍소리도 못하고 개방과 함께 장렬한 최후를 맞이하게 된다. 개방이 반딧불이라면 절대십천은 태양이다.

그러므로 개방이 절대십천에 저항한다는 것은 어불성설이다. 절대십천이 손을 쓰면 개방은 앉은자리에서 고스란히 당할 수밖에 없는 것이다.

그러므로 이것은 소선개의 목숨을 버려서라도 지켜야 할 비밀인 것이다.

"끄으으……."

수진랑이 발에 더 힘을 주자 소선개의 얼굴은 풀 바닥에 짓이겨져서 더 이상 아무 말도 못하고 비틀린 신음만 흘릴 뿐이다.

슥.

"내일 술시(저녁 8시)까지 알아내라."

이윽고 수진랑은 발을 떼며 중얼거렸다. 이어서 숲 밖으로 성큼성큼 걸어갔다.

한정은 씁쓸한 표정으로 소선개를 굽어보다가 수진랑의 뒤를 따랐다.

결과적으로 수진랑의 방법이 옳았다. 한정이 소선개에게 그런 연약한 방법으로 물어봤다면 천 년이 지나도 원하는 대답을 듣지 못했을 것이다.

그러나 수진랑은 아주 간단하게 소선개를 요리했다. 그녀가 그 정도까지 했는데도 소선개가 용비의 행방을 모른다고 말한다면 모르고 있는 것이 분명할 것이다.

소선개는 자기 목숨을 버리면서까지 무언가를 지키려고 애쓸 정도로 지조 높은 성격으로는 보이지 않았다.

더구나 수진랑은 소선개에게 내일 술시까지라고 딱 못 박아서 말미를 주었다.

그녀가 덧붙여서 말하지는 않았으나 그때까지 용비의 행방을 알아내지 못한다면 '죽이겠다' 라는 뜻이라는 것을 소선개는 충분히 알아들었을 것이다.

오늘 한정은 한 가지 중대한 사실을 깨달았다. 어떤 경우에는, 백 마디 말보다 한 번의 적절한 행동이 더 필요하다는 것을 말이다.

소선개는 궁둥이를 높이 쳐들고 얼굴을 풀 바닥에 처박은 자세로 꼼짝도 하지 않았다. 괜히 움직였다가 수진랑의 심기를 건드릴지도 모르기 때문이다.

털썩!

"헥헥헥헥……."

수진랑과 한정이 숲 밖으로 완전히 나가자 그는 옆으로 풀썩 쓰러지고 나서 미친 듯이 숨을 몰아쉬었다.

그의 사타구니가 축축했다. 지독한 공포에 질린 나머지 오줌을 싸고 말았다.

그는 어릴 때 똥오줌을 가리고 난 이후 처음으로 바지에 오줌을 쌌다.

그것도 술에 취해서나 실수로 지린 것이 아니라 공포 때문에 한 바가지나 싸버린 것이다.

이후 그에게 가장 공포스러운 사람은, 아니, 악마는 수진랑이라고 뇌리에 각인될 것이다.

*   *   *

화봉 옥연과 동업하기로 한 지 팔 일째에 사우당에 첫 일거리가 하달되었다. 그런데 그게 좀, 아니, 많이 터무니없는 일거리였다.

현도가 첩지에 적힌 글을 읽으면서 애매한 표정을 지으며 고개를 갸웃거렸다.

"신룡경천도법(神龍驚天刀法)을 구하라. 은자 천만 냥까지 경비로 사용할 수 있다. 이게 도대체 무슨 소리지?"

"무공서인 것 같다."

천추문의 무공서 수십 권, 아니, 백여 권 가까이 해독한 바 있는 용비는 '신룡경천도법' 이 무공서라는 것을 한눈에 알아보았다.

"어떤 무공서지?"

사우당 지하 일층 한가운데 석탁에는 용비와 세 친구가 둘러앉아 있다.

원래 말이 거의 없는 낙혼과 요조는 물끄러미 보고만 있고 현도가 계속 고개를 갸웃거리며 중얼거렸다.

"각주에게 어떤 무공서인지 물어봐야 하지 않겠어?"

"가르쳐 줄 생각이었으면 거기에 적었을 거야."

"그렇군."

용비가 턱으로 첩지를 가리키자 현도는 고개를 끄덕였다.

"도야, 우선 잡박노(雜博老)에게 다녀와라."

"알았어."

현도가 일어서자 용비는 요조를 쳐다보았다.

"조야."

"응. 알았어."

용비가 단지 자기를 부르기만 했는데도 요조는 그가 무엇을 원하는지 알아차리고 일어섰다.

잡박노는 성내에 사는 괴팍한 노인이며, 천하에서 모르는 것이 없는 노인으로 통한다.

사람들이 상상조차 하지 못하는 것들을 잡박노는 모조리 알고 있다.

하지만 맹점이 하나 있다. 그가 알고 있는 지식들은 깊이와 정통성이 철저하게 결여되어 있다는 사실이다.

즉, 수박 겉핥기식의 지식인 것이다. 그저 무엇에 대해서 대충 알고 있는 정도다.

하지만 그 종류가 수만, 아니, 수십만 가지나 된다는 것은 실로 놀라운 일이다.

사우당은 잡박노를 자주 이용하고 있다. 사우당이 필요로

하는 정보들을 그가 거의 대부분 제공해 주기 때문이다.

용비는 문 쪽으로 가고 있는 요조와 현도를 보면서 중얼거렸다.

"도야, 나갈 때는 지하통로를 이용해라."

옥연하고 동업이라고 하지만 사우당이 버젓이 화봉각을 통해서 출입할 수는 없는 노릇이다.

요조가 할 일은 현도를 다른 사람으로 변장시키는 것이다. 그녀는 과묵하고 성깔이 사납지만 생긴 거 하고는 달리 몇 가지 손재주가 있다. 그중 하나가 변장술이다. 그녀는 아버지에게 변장술을 배웠는데 아버지가 과거에 무엇을 했었는지는 모르고 있다.

현도가 제 얼굴로 버젓이 항주 성내를 돌아다니는 것은 아직까지는 조심해야 할 것 같아서 요조에게 변장을 시키라고 한 것이다.

일단은 신룡경천도법이 무엇인지 알아야지만 작전을 세울 수가 있다. 그때까지는 기다릴 수밖에 없다.

"훗! 무공서 하나 가치가 은자 천만 냥이라니……."

그때 낙혼이 손가락으로 석탁을 두드리며 피식 실소를 흘리면서 중얼거렸다.

용비가 아무 말이 없자 낙혼은 그를 보며 별다른 표정 없이 물었다.

“그 말인즉, 신룡경천도법을 구하는 데 은자 천만 냥을 써도 된다는 거지?”

“그래.”

“휘유. 옥연 대단한 여자로군? 그녀는 신룡경천도법을 구해서 뭘 하려는 거지?”

“혼아.”

용비가 조용히 부르자 낙혼은 그를 쳐다보았다.

“너 무공 배워볼래?”

“무공?”

“응.”

낙혼의 눈이 조금 커졌다. 여간해서는 놀라지 않는 그가 이런 표정을 짓는 것은 꽤 놀랐다는 뜻이다.

“무술하고 무공은 다른 거랬지?”

“그래. 무술은 몸과 무기를 이용하는 것이고, 무공은 공력을 바탕으로 무술을 전개하는 거야.”

“공력이라…….”

낙혼은 진지한 표정을 짓고 한동안 뭔가 골똘하게 생각했다. 그는 무언가를 결정할 때 하느냐 하지 않느냐의 갈림길에서 거의 하지 않는 쪽을 택한다.

귀찮은 것이 아니다. 일단 하겠다고 결정을 하면 그게 무엇이든 끝장을 볼 때까지 파고들기 때문이다.

또한 그는 용비의 제의를 거절해 본 적이 한 번도 없었다. 그의 제의에 응해서 이득을 보고 손해를 봤다는 저울질을 해 보기 때문이 아니다.

사우당 친구들의 바탕에는 우정과 신뢰가 있음이다. 그것이 이들 네 친구의 살아가는 힘의 원동력이다.

"알았어. 해보지."

잠시 후에 낙혼은 고개를 끄덕였다. 그리고는 자신의 가슴을 툭툭 쳐보였다.

"그러나 무기는 이놈을 계속 쓰게 해줘."

"마음대로 해라."

낙혼의 가슴에는 그의 분신인 쇠꼬챙이가 들어 있다.

잡박노를 만나러 갔던 현도가 저녁 무렵에 돌아왔다.

"알아냈어."

그런데 석탁 앞에 앉는 현도의 표정이 딱딱하게 굳어 있어서 용비 등을 적이 긴장시켰다.

"신룡경천도법은 신룡보 무공이랜다."

"신룡보? 그런데?"

낙혼이 그게 뭐 어떠냐는 얼굴로 묻자 현도의 표정이 어두워졌다.

"그게… 신룡경천도법은 신룡보주 일족만이 익힐 수 있는 무공이라는군.”

　신룡보의 수하들이 배우는 무공이라면 어떤 방법으로든 손에 넣을 수가 있을 것이다. 하지만 신룡보주 일족만이 익힐 수 있는 무공, 즉 가전무공(家傳武功)이라면 얘기가 많이 달라진다.

　즉, 신룡경천도법에는 신룡보주와 직계가족들만이 접근할 수 있다는 얘기다.

　“어쩐다?”

　현도가 난감한 표정을 지었다. 사우당은 지금까지 어떤 종류의 청부라도 거절한 적이 없었으며, 실행한 청부는 모두 성공시켰다. 성공률 십 할이었다.

　그런데도 현도는 이번 일거리만큼은 쉽지 않을 것이라는 생각이 들었다.

　용비가 현도에게 물었다.

　“더 알아낸 것 없어?”

　“신룡경천도법을 터득한 사람은 단 두 명뿐이래. 신룡보주와 그의 딸.”

　“잡박노에게 얼마 줬나?”

　요조가 불쑥 물었다.

　“은자 열 냥.”

　“죽일 놈의 늙은이. 별거 아닌 거 주둥이 몇 번 나불거리고 은자 열 냥씩이나 받아 처먹어?"

요조는 과묵하지만 돈에 있어서만큼은 천하에 다시없을 구두쇠다.

중병에 걸린 홀아버지 약값을 대느라 그동안 있는 고생 없는 고생 다 했기 때문이다.

용비가 사부 완사에게 의술을 배워서 어느 정도 실력을 쌓은 후에는 그가 약을 지어줘서 약값도 들지 않는데다 홀아버지의 병세가 많이 호전되었다. 그래도 요조의 돈에 대한 집착은 여전했다.

용비는 생각에 잠겼다. 세 친구는 그가 생각에 잠기면 그 일거리를 실행한다는 사실을 알고 있었다.

第十六章 일대일 대결

"꺅!"

사우당 일층 입구에서 하녀 막막의 날카로운 비명 소리가
터졌다.

마침 일층에 있던 현도가 급히 밖으로 나왔다가 막막 앞쪽
에 서 있는 사람을 발견하고 소스라치게 놀랐다.

"으헛!"

열린 문밖에 서 있는 사람은 다름 아닌 소선개였다. 밖에는
장대비가 쏟아지고 있었는데 그는 거지 차림에 비를 쫄딱 맞
은 몰골이었다.

그런 몰골이었기에 문을 두드리는 소리에 무심코 문을 열었던 막막이 소선개를 보고 질겁한 것이다.

소선개라고 하면 겁부터 나는 현도는 그를 보고 슬금슬금 뒷걸음질 쳤다.

"소… 선개, 무슨 일이냐?"

소선개가 나타났다는 사실은 이곳이 이미 개방에 발각됐다는 것을 의미한다.

그래서 현도는 이 사실을 빨리 용비에게 알려야겠다고 생각했으나 지금 용비는 지하 이층에서 무공 연마를 하는 중이다.

지하로 내려가려면 비밀통로를 열어야 하는데 소선개 앞에서 그럴 수는 없다.

그런데 그때 막막의 독특한 성격이 발작을 일으켰다. 그녀는 두뇌가 이해할 수 있는 용량 이상의 것이 엄습하면 확 머리가 돌아버린다.

그녀는 소선개 앞에 다리를 벌리고 두 손을 허리에 얹은 채 버티고 서서 바락바락 소리를 질렀다.

"이 지저분한 거지새끼가 어딜 들어오려고 그래? 사타구니를 걷어차기 전에 당장 꺼지지 못해?"

자그맣고 아담한, 그리고 가녀린 체구의 막막은 이 순간만큼은 세상에 무서운 게 없다.

"거… 지… 새끼……."

소선개는 충격을 받은 멍한 얼굴로 막막을 쳐다볼 뿐 어떻게 할지를 몰랐다.

"당장 꺼지란 말이야! 거지새끼야!"

쾅!

막막이 소선개를 거칠게 밖으로 밀어버리고는 문을 세차게 닫아버렸다.

그사이에 현도는 잽싸게 뒤쪽 벽에 걸려 있는 큰 그림 아래의 벽을 밀어 하나의 문이 나오게 하여 허리를 굽히고 그 안으로 감쪽같이 사라졌다.

퉁퉁퉁.

"이것 보시오. 문 좀 열어보시오."

소선개는 똥줄이 탔다. 이곳은 화봉각 안이고 몰래 잠입했기 때문에 큰소리도 칠 수가 없는 상황이다.

하지만 반드시 용비를 만나야만 한다. 그렇다고 자기에게 이상할 정도로 입에 거품을 물고 큰소리를 쳐대는 하녀를 어떻게 할 수도, 문을 부숴 버릴 수도 없다. 원래 손님은 주인집의 개를 때려서는 안 되는 법이다.

"막막, 문 열어라."

그때 닫힌 문 앞에 버티고 서 있는 막막 뒤에서 용비가 다가오며 말했다. 용비의 뒤에는 낙혼과 현도, 요조가 따랐다.

용비와 소선개는 사우당 일층 편좌방 탁자에 마주 보고 앉았고, 용비 뒤쪽에 현도와 낙혼, 요조가 나란히 서 있다.

용비는 평소의 표정이지만, 현도 등 세 사람은 소선개를 잡아먹을 듯이 쏘아보고 있었다.

특히 소선개의 수하들에게 납치당해서 토지묘에 갇혀 고초를 겪었던 요조는 분노 때문에 흰 이를 드러낸 채 작은 어깨를 들먹거렸다.

막막은 손님이 왔지만 차도 내오지 않았다. 거지새끼를 손님으로 여기지 않기 때문이다. 더구나 용비와 세 친구가 소선개를 적대시하고 있는 분위기를 파악했기 때문에 더욱 그랬다.

용비는 자기가 화봉각에 있는 것을 소선개가 어떻게 알아냈는지 묻지 않았다.

소선개는 개방의 항주 분타의 조장이다. 그의 능력을 십분 발휘해서 알아냈을 것이다. 이미 일어난 일을 갖고 왈가왈부하는 것은 용비답지 않은 일이다.

용비 등은 이곳에서 꼼짝도 하지 않았는데 그것을 알아냈다는 것은 놀라운 일이다. 과연 소선개의 뛰어난 능력만은 인정할 수밖에 없다. 문제는 소선개가 이 사실을 누군가에게 말했느냐는 것이다.

"무슨 일이냐?"

용비는 예의 으스스한 분위기를 흩뿌리면서 나직한 목소리로 물었다.

얼마 전까지만 해도 용비 등에게 소선개는 저승사자 같은 존재였으나 지금은 아니다.

화봉 옥연이 보호해 주겠다고 약속했기 때문만은 아니다. 이제는 용비 자신이 소선개 정도는 대처할 수 있는 능력이 생겼다고 믿기 때문이다.

소선개하고 일대일로 싸우면 승리를 장담할 수는 없지만, 예전처럼 반격조차 해보지 못하고 어설프게 박살 나지는 않을 것이라고 확신했다.

소선개는 용비가 고압적인 자세로 나오는데도 별로 개의치 않고 입을 열었다.

"용비 네가 있는 곳을 말할 수밖에 없게 생겼다."

한 번 된통 당해서 꼬리를 내린 개는 두 번 다시 그 상대를 보고 짖지 않는 법이다.

입을 열고는 소선개는 아까 서호 변에서 수진랑, 한정과 마주쳤던 일을 간략하게 설명해 주었다. 하지만 자기가 수진랑에게 형편없이 짓밟혔다는 사실은 자존심이 허락하지 않아서 대충 얼버무렸다.

용비는 수진랑이 알게 되는 것은 어쩔 수 없지만 한정은 안 된다고 생각했다.

"으휴… 말하지 않으면 천추문의 검귀가 날 갈가리 난도질을 해서 죽이고 말 것이다."

소선개는 상상만 해도 두렵다는 듯 몸을 오싹 떨었다.

용비는 소선개가 죽든지 사지가 잘리든지 그런 것에는 추호도 관심이 없다.

아니, 오히려 이런 형편없는 놈은 죽는 쪽이 많은 사람들을 위해서 백 번 낫다고 생각했다.

그러나 용비 손으로 그를 죽일 수는 없다. 죽일 수 있는 능력이 있느냐 없느냐를 떠나서, 그가 이곳에 보호 장치도 없이 오지는 않았을 것이라고 생각하기 때문이다.

소선개처럼 비열하고 교활한 놈이라면 자기가 화봉각에서 나오지 않을 경우를 대비해서 무언가 손을 써놨을 것이 분명하다.

소선개는 용비 뒤쪽의 세 친구를 한차례 쳐다보고는 목소리를 낮춰서 속삭이듯 물었다.

"도대체 천추문이 왜 너를 찾으려고 혈안이 된 것이냐?"

용비가 대답이 없자 소선개는 목소리를 더욱 낮췄다. 그런다고 해서 세 친구가 듣지 못할 것도 아닌데 말이다.

"그것 때문이냐?"

'그것' 이란 광폭도를 가리키는 것이다.

“그런 것 같다.”

“으으… 역시…….”

사부 완사가 광폭도를 죽였으며, 이후에 완사가 숙객당에서 사라졌다. 그래서 천추문이 자신을 찾고 있는 것이라고 용비는 생각했다.

광폭도의 죽음과 완사와 용비의 관계를 천추문이 어떻게 알았는지는 의문으로 남아 있다.

또한 광폭도는 절대십천의 인물인데 어째서 천추문이 발 벗고 나선 것인지도 역시 의문이다.

하지만 중요한 것은 현실이다. 천추문에서 용비를 찾고 있으며, 그들에게 발견되면 좋지 않을 것이라는 현실 말이다.

“좋지 않아. 정말 좋지 않군. 이거야말로 진퇴양난이다.”

소선개는 고개를 절레절레 흔들면서 중얼거렸다. 수진랑에게 말하지 않으려니 자신의 목이 달아날 판이고, 말하면 용비가 천추문에 잡혀가서 광폭도에 대한 사실들을 다 실토하면 자신뿐만 아니라 개방 전체가 몰살당하고 말 것이다. 그러니 이러지도 저러지도 못하는 상황이다.

소선개는 일그러진 얼굴로 용비를 쳐다보았다. 언제나 어떤 상황에서나 웃는 얼굴이라서 소선개라는 별호를 얻었으나 언제부턴가 그는 완전히 웃음을 잃어버렸다.

그는 애원하듯이 용비를 바라보았다.

“너… 천추문에 끌려가서도 끝까지 버틸 수 있겠냐?”

“이 새끼가 무슨 헛소리를 지껄이는 거야?”

“너 이 자식 오늘 아예 여기서 뒈져라!”

순간 낙혼과 요조가 재빨리 품속에서 자신들의 무기를 꺼내면서 소선개에게 다가들며 으르딱딱거렸다.

낙혼의 무기는 쇠꼬챙이지만 요조의 것은 한 자 반 정도의 둥그스름하고 길쭉한 쇠몽둥이다.

그것은 단순한 쇠몽둥이가 아니다. 손잡이를 오른쪽으로 돌리면 쇠몽둥이 앞쪽 절반에서 손가락 하나 길이의 쇠침 수십 개가 튀어나온다.

그녀는 올봄에 낙혼의 권유로 그것을 장만했는데 아직 한 번도 사용해 보지 못했다.

그녀는 악바리 근성은 있으나 무술을 배운 적이 없어서 정작 싸움이 벌어지면 그냥 적을 붙잡고 물어뜯고 할퀴는 것이 특기다.

낙혼 역시 정식으로 무술은 배우지 않았으나 골백번도 더 싸워본 경험이 있어서 마구잡이 싸움에는 시장바닥에서 당할 자가 없다.

소선개는 맥 빠진 얼굴로 손을 저었다.

“그만두자. 답답해서 해본 소리다.”

“검귀에게는 말해줘도 된다.”

그런데 용비가 불쑥 나직하게 말했다.

"말해줘도 돼? 정말이냐?"

"그녀에게만 말해야 된다."

소선개는 급히 반색했다.

"무, 물론이지! 날 죽이겠다고 설치는 게 그년이니까, 아 아… 이걸로 난 살았다."

"그년?"

용비가 슬쩍 인상을 쓰자 소름끼치는 기운이 온몸에서 파 도처럼 쏟아져 나왔다.

소선개는 의아한 표정을 지었다.

"왜 그러냐?"

요조가 이를 드러내고 으름장을 놓았다.

"이 자식아. 너 같으면 친구 욕을 하는데 가만히 있겠냐?"

"친구? 누가? 얘가? 검귀하고?"

아무도 대답하지 않았지만 모두 소선개의 물음에 긍정하 는 모습이다.

아니, 그게 아니더라도 그때 소선개의 뇌리를 퍼뜩 스치는 것이 있었다.

아까 낮에 서호 변 숲 속에서 수진랑이 자신을 심문하는 과 정에서 죽이겠다고 날뛸 때 그는 너무 심한 것이 아닌가, 라 는 생각을 했었다.

그리고 수진랑이 용비의 사정에 대해서 너무 환하게 알고 있었다.

그런데 이제 보니 용비와 수진랑이 친구였다. 그렇다면 그때의 상황을 이해할 수가 있다.

순간 소선개는 자기도 모르게 으스스한 공포를 느끼고 오싹 몸을 떨었다.

벌레보다 하찮은 존재라고 여겼던 용비가 천추문의 검귀하고 친구라니 장강이 거꾸로 흐른다는 사실보다 믿기 어려운 일이다.

그것뿐인가. 천추문 소문주 한정과 한무군까지도 용비네 어머니가 운영하는 미령루에 친히 찾아와서 소선개의 수하들을 혼찌검 내는가 하면, 개방 항주 분타주까지 천추문으로 불러들여서 백배사죄하게 만들었다.

그런데도 용비는 소선개에게 그렇게도 핍박을 당하면서도 한 번도 수진랑이나 천추문 소문주를 들먹이면서 위협을 하지 않았다.

그것은 ‘너 이 자식 어디 나 잘못 건드렸다가 제대로 한번 당해봐라’ 라는 용비의 소름끼치는 심보가 아니겠는가.

‘무서운 놈……’

거기까지 생각한 소선개는 또다시 오싹 몸서리를 치며 용비를 흘겨보았다.

“어… 쨌든 알았다. 검귀에게만 말하마.”

이곳에 더 이상 있고 싶지 않은 소선개가 부스스 일어서려는데 용비가 중얼거렸다.

“네가 해줄 일이 하나 있다.”

“뭐… 냐?”

소선개는 뜨악한 얼굴로 물었다.

“신룡보에 대해서 설명을 해줘야겠다.”

“신룡보?”

소선개는 신룡보 특히 보주와 그의 무남독녀에 대해서 자신이 알고 있는 바를 자세히 설명했다.

용비 등이 늘 의지하고 있는 잡박노보다도 소선개는 신룡보에 대해서 아는 것이 훨씬 많았고 또 세밀했다. 물론 잡박노는 천하 전체를 알고 소선개는 항주에 국한된 정보에 정통하다는 차이가 있기는 하다.

“어째서 신룡보에 대한 정보가 필요한 거냐?”

설명을 끝낸 소선개는 의아한 얼굴로 용비에게 물었다.

그러나 대답을 듣지 못하자 소선개는 얼굴을 찌푸리고 손을 저으면서 일어섰다.

“아니, 알고 싶지 않다. 앞으로 용비 너하고 엮이는 것은 절대로 사양한다.”

그는 비척거리면서 뒤도 돌아보지 않고 문을 열고 나갔다.

원래의 소심한 성격으로 돌아온 막막은 소선개가 사우당 밖으로 나가는 것을 확인하고 조심스럽게 문을 닫았다.

"막막아, 술상 좀 차려라."

"네."

용비 등이 지하 일층으로 향하는 통로 쪽으로 가자 현도가 막막에게 지시했다. 지금은 술이 필요할 것 같기 때문이다.

그런데 그때 갑자기 사우당 밖에서 소선개의 다급한 외침이 터졌다.

"용비야! 나 좀 살려다오!"

용비 등이 급히 밖으로 나가보니 사우당에서 옆 전각으로 이어진 긴 운교 한가운데에 소선개가 당황한 모습으로 서 있고, 다리 양쪽에서 이십여 명의 무사가 무기를 움켜쥔 채 서서히 거리를 좁혀오고 있었다.

무사들은 한결같이 흑의경장을 입었으며 이마에 꽃문양의 띠를 둘렀는데 이마 부위에는 봉황의 머리 모양 장식이 위로 돌출된 모습이다. 또한 그들은 도와 검을 섞어서 지니고 있었다.

용비는 저런 모습의 무사들을 한 번도 본 적이 없으나 이마의 봉황 장식을 보고 그들이 화봉각의 무사들일 것이라고 짐작했다.

아마 소선개가 사우당에서 나가다가 무사들에게 발각된 모양이다.

아니, 어쩌면 무사들은 소선개가 사우당에 들어갔을 때부터 알고 있었을지도 모른다.

다만 사우당에 함부로 침입할 수 없으므로 소선개가 나오기를 기다렸을 수도 있다.

애당초 소선개 정도의 실력으로 화봉각에 몰래 잠입하는 것 자체가 무리였다.

화봉각은 다른 방파나 문파하고는 달리 모든 전각들이 각각의 크고 작은 섬 위에 있으며, 섬과 섬을 수십 개의 다리가 연결하고 있다.

그것은 다리를 지나지 않으면 절대로 목적지에 도달할 수 없다는 뜻이다.

또한 다리에는 불이 환하게 밝혀져 있으므로 누가 건너기만 하면 멀리에서도 금세 눈에 띈다.

원래 소선개는 화봉각이 무사들을 꽤 많이 보유하고 있다는 사실을 알고 있었다.

하지만 그래 봐야 기루나 지키는 무사 나부랭이겠지 별거 있겠는가, 라고 과소평가하고 화봉각에 잠입하여 무인지경처럼 사우당에 왔던 것이 실수였다.

아무리 무사 나부랭이라고 해도 소선개 혼자서 이십여 명이나 상대하는 것은 무리다. 또한 싸움이 벌어지면 무사들이 더 몰려들 것이다.

더구나 그는 남의 개인 사유지에 불법으로 잠입했으니 죽여도 뭐라고 변명할 말이 없다.

무사들이 도검을 번뜩이면서 거리를 더욱 가까이 좁혀오자 소선개는 사우당 밖으로 나와 있는 용비를 보고 다급하게 외쳤다.

"보고만 있을 것이냐? 이들에게 뭐라고 말 좀 해다오!"

그때 무사들의 우두머리로 보이는 자가 용비를 보고 정중한 자세로 외쳤다.

"당주! 이자는 당주의 손님입니까?"

소선개는 용비와 자신을 가리키면서 어깨를 흔들며 과장된 웃음을 터뜨렸다.

"으핫핫핫! 척 보면 모르겠소? 용비, 아니, 당주하고 나는 오랜 친구요!"

그런데 용비 등은 갑자기 몸을 돌려 사우당 안으로 들어가 버리는 것이 아닌가.

"어어… 요, 용비야!"

소선개는 당황해서 다급히 외쳤다. 그러나 사우당의 문은 매정하게 닫혀 버렸다.

소선개가 용비의 친구냐 아니냐에 대한 대답으로 이것보

다 더 명확한 대답은 없을 것이다.

무사들의 우두머리, 즉 향주(香主)는 득달같이 명령했다.

"잡아라! 반항하면 죽여도 상관없다!"

명령이 떨어지기 무섭게 다리 양쪽에서 접근하던 무사들이 도검을 휘두르면서 소선개를 맹공격하기 시작했다.

쉬쉬쉭! 쐐쐐애액!

"우왓!"

소선개는 소스라치게 놀라서 미친 듯이 온몸을 흔들며 공격을 피했다.

그런데 그는 피하면서 한 가지 사실을 깨달았다. 무사들의 공격이 예상했던 것보다 훨씬 위력적이었다.

아니, 항주에 있는 일급 방파의 수하나 문파의 제자들보다 더 고강한 실력이었다. 이들은 절대로 무사 나부랭이가 아니었다.

무사들이 전개하는 도법과 검법은 소선개로서는 어떤 종류인지 알 수가 없지만, 변화 하나하나에 굉장한 위력과 잔인함이 실려 있었다.

"항복이오!"

순간 소선개는 그 자리에 잽싸게 무릎을 꿇고는 두 팔을 번쩍 들어 올렸다.

반항해 봐야 소용없다는 사실을 깨달은 것이다. 조금 전에 향주가 '반항하면 죽여도 상관없다' 라고 명령한 것을 기억하고 있는 그의 재빠른 상황 판단이었다.

처처척!

무릎을 꿇은 소선개의 온몸에 십여 자루의 도검이 찌를 듯이 겨누어졌다.

"제압해서 끌고 가라."

향주의 명령에 무사 두 명이 소선개에게 다가들어 혈도를 제압하려고 했다.

소선개의 심정은 착잡하기 이를 데 없었다. 이렇게 해서 구차하게 목숨을 건지기는 했으나 앞으로 무슨 일이 일어날지 장담할 수가 없게 되었다.

사실 그는 자신의 수하들에게도 알리지 않고 화봉각에 혼자서 잠입했다.

그러므로 이곳에서 죽음을 당한다고 해도 아무도 모를 것이다. 아니, 용비 등은 알 것이다. 하지만 그는 방금 전에 소선개를 모른 체하지 않았는가. 그러므로 소선개가 이곳에서 죽는다고 해도 용비가 그 사실을 개방 향주 분타에 알려줄 리가 만무하다.

문득 소선개는 자기가 용비와 사우당에 못된 짓을 한 것들이 생각났다.

그러므로 위기의 순간에 용비가 그를 모른 체하는 것은 어쩌면 당연한 일이었다.

이것은 인과응보다. 절대로 용비를 원망할 일이 아니다. 하지만 아무리 그래도 죽는 것은 서러운 일이다.

'키힝…….'

괜히 부질없이 눈물이 났다.

"향주! 그자를 우리에게 주겠소?"

그런데 바로 그때 사우당 쪽에서 목소리가 들려왔다. 어느새 현도가 나와서 이쪽을 쳐다보며 향주에게 손을 들어 보이고 있었다.

무사의 손이 마혈에 닿아 있는 상황에서 소선개는 급히 다리 난간 사이로 사우당 앞의 현도를 쳐다보았다.

현도는 향주를 향해서 정중하게 포권을 해 보이고 있었다.

구사일생으로 살아난 소선개는 다시 사우당 안 일층 탁자 앞에 앉아 있었다.

"네가 우릴 좀 도와줘야겠다."

맞은편에 앉은 용비가 단도직입적으로 본론을 꺼냈다. 네 목숨을 살려주었으니까 보답을 하라는 뜻이다.

"뭘……?"

소선개는 어리둥절한 표정을 지었다.

"신룡보의 딸에 대해서 조사를 해줘야겠다."

신룡경천도법을 터득한 사람은 신룡보주와 그의 딸 두 사람뿐이라고 했다.

그렇다면 신룡보주보다는 딸에게 접근하는 것이 훨씬 수월할 것이라고 용비는 판단했다.

소선개는 어이없다는 표정을 지었다.

"그걸 왜 내가 해야 하는데?"

용비는 턱으로 문을 가리켰다.

"하기 싫으면 나가라."

소선개는 문을 쳐다보다가 찔끔했다. 사우당 밖에 무사들이 아직 있는지 없는지는 몰라도 밖에 나가는 것만은 절대로 사양하고 싶었다.

"할 테냐?"

용비는 소선개가 고민할 여유를 주지 않았다.

"너… 남의 약점을 이딴 식으로 이용하는 것이냐?"

"네가 한 짓에 비하면 아무것도 아니다."

탁!

"형편없는 조무래기 자식들이 감히 나 소선개를 수하로 부리려고 들어?"

소선개는 갑자기 손바닥으로 탁자를 세게 치면서 벌떡 일어나며 소리쳤다.

"네놈들, 이러는 게 얼마나 비열한 짓인지 아느냐?"

“비열?”

낙혼이 입술 끝을 비틀며 묘하게 미소 지었다.

“비열(卑劣)은 내 별명이다. 함부로 부르지 마라.”

소선개는 어이없다는 표정을 지었다. 그는 사우당 네 명에 대해서 잘 알고 있는데 낙혼의 별명이 ‘비열’이라는 것은 들어본 적이 없었다.

“언제부터 네 별명이 비열이었느냐?”

“지금부터.”

“이 자식……..”

소선개는 놀림을 당했다는 생각에 얼굴이 확 붉어졌으나 어떻게 할 도리가 없었다.

그는 이러다가 자신이 사우당의 똘마니가 되는 것이 아닌가 하는 걱정이 들었다.

‘아니지! 이걸 역으로 이용하는 거다!’

그때 그의 잔머리가 빛을 발했다. 사실 그는 무공보다는 잔꾀를 쓰는 데 더 능했다. 지금까지는 당황해서 머리가 굳어 있었는데 심신이 조금 편해지니까 원래의 잔머리 능력이 되살아났다.

“너희 이러는 건 어떠냐?”

그는 지난 며칠 동안 용비 때문에 몇 가지 일을 겪기는 했지만, 여전히 사우당의 네 명을 자신의 발가락에 낀 때만큼도 여기지 않고 있다.

즉, 자기가 해보려고 마음만 먹으면 사우당쯤은 한쪽 눈 감고도 밟아줄 수 있다고 믿었다.

그는 용비 등이 자신을 주시하고 있는 것을 보면서 여유있는 미소를 머금었다.

"너희 넷이 한꺼번에 나한테 덤비는 거다. 즉, 사 대 일 싸움이다. 뭐, 좀 버겁기는 하지만 이왕 이런 상황이 됐으니 어쩔 수 없겠지."

사우당 네 명의 침묵을 그들이 홍미를 갖는 것이라고 여긴 소선개는 어깨를 으쓱하며 말을 이었다.

"너희가 이기면 난 두말없이 수하가 되마. 그러나 반대로 만에 하나 운이 좋아서 내가 이기면 너희가 내 수하가 되라."

그는 짐짓 쓸쓸한 표정을 지었다.

"쯧, 너희 네 명을 이길 자신은 없지만 나로서는 죽을힘을 다할 수밖에 없겠군."

"이런 교활한 새끼!"

사우당 네 명이 아니라 열 명이 한꺼번에 합공을 해도 소선개를 이길 수 없다는 사실을 잘 알고 있는 요조가 눈을 새하얗게 뜨며 으르렁거렸다.

소선개는 빙긋 미소 지으며 받아쳤다.

"교활은 내 별명이다. 방금 지었지."

조금 전에 낙혼이 한 말을 그대로 흉내 냈다. 그리고는 다리를 꼬며 여유를 부렸다.

"너희가 그래도 사내새끼들이라면 그 정도 요구는 받아줄 수 있겠지?"

사우당의 두뇌인 현도는 힐끗 용비를 쳐다보았다. 그는 용비가 요즘 무공 연마를 하고 있는 것을 눈여겨보았다. 그래서 어쩌면 용비가 소선개를 상대할 수 있지 않을까 생각한 것이다.

용비가 가볍게 고개를 끄덕이는 것을 보고 현도는 불끈 힘이 났다.

"좋아! 해보자!"

그런데 용비가 일어서며 짧게 말했다.

"나 혼자 상대하겠다."

그는 소선개가 사우당을 괴롭힐 때부터 그와 일대일로 싸울 결심을 하고 있었다.

그런데 지금은 오히려 그때보다 자신과 실력이 더 붙었으므로 한번 해볼 만하다고 생각했다.

"비야!"

"어이! 비!"

현도와 낙혼, 요조는 동시에 놀라서 소리쳤으나 용비는 태연히 문을 나가 지하로 통하는 비밀통로의 문을 열었다.

계단을 내려갈 때 현도가 옆에 바짝 붙으면서 용비의 손에 무언가를 슬쩍 쥐어주었다.

그것은 밤톨 크기의 단단한 차돌 두 개였다. 용비와 소선개의 일대일 싸움이 결정되자 현도가 재빨리 사우당 밖에 나가서 주워온 것이다.

사우당 지하 이층에 용비와 소선개가 다섯 걸음 거리를 두고 마주 서 있다.

평소에 용비가 무공 연마를 하는 이 방에는 현재 그와 소선개 단둘뿐이다.

싸움꾼인 낙혼과 악바리 요조이지만 이 싸움에서는 조금도 도움이 되지 못할 것이라고 용비는 생각했다. 싸움하고는 담 쌓은 현도는 무조건 열외다.

이것은 거리의 드잡이질이 아니다. 소선개는 개방 항주 분타의 조장이다.

모르긴 해도 그 정도면 천추문의 일대제자 수준은 될 것이라고 용비는 추측했다.

용비에겐 삼원심공 사공이 있다. 그리고 오른팔에는 사신검도 있다.

사부 완사는 삼강을 완성하기 전에는 사신검을 사용하지 말라고 말했으나, 목숨이 위태로울 때는 사용해도 좋다는 단서를 달았다.

그러므로 소선개와의 싸움에서 궁지에 몰리면 사신검을 사용할 생각이다.

용비는 이곳에 온 후부터 천추문의 낙영권과 천추신뢰검을 꾸준히 연마해 왔다.

그러나 권각술과 검법을 연마하는 것은 무공서를 해독하는 것하고는 천양지차였다.

무공서 해독은 식은 죽 먹기인데 무공을 연마하는 것은 좀처럼 뜻대로 되지가 않았다. 몸이 생각한 대로 따라주지 않기 때문이었다.

낙영권이나 천추신뢰검은 천추문의 일대제자들이 연마하는 천추사등의 열두 종류 무공 중에서도 최고 수준이다. 그것을 무공에는 문외한인 용비가 처음부터 익히려고 하는 것 자체가 무리다.

천추문 오대제자들이 연마하는 천추십등부터 시작했으면 훨씬 수월했을 것이다.

하지만 지금으로선 어쩔 도리가 없다. 이미 화살은 시위를 떠났으니까 남은 문제는 화살이 과녁에 적중하도록 만드는 것이다.

용비가 쳐다보자 소선개는 조금 전 사우당 일층에서 죽는 시늉을 하던 것과는 달리 만면에 득의한 표정이 노골적으로 떠올라 있었다.

"용비, 이제 시작해도 되겠느냐?"

소선개는 이 기회에 용비와 사우당을 아예 자기 수하로 삼을 흑심을 품고 있었다.

그렇게 되면 장차 사우당이 벌어들이는 수입은 고스란히 자신의 차지가 될 것이다.

뿐인가. 천추문의 검귀도 더 이상 그를 괴롭히지 못할 것이다. 아니, 잘하면 검귀하고도 친구로 맞먹을 수 있을지 모르는 일이다.

'우혜혜. 용비 너 이 자식 오늘 뒈져 봐라.'

그는 용비를 죽지 않을 만큼만 흠씬 두들겨 패줄 생각이다. 이것은 사나이끼리의 정식 대결이니까 누구도 자신을 탓하지 않을 것이다.

용비가 가볍게 고개를 끄덕이는 것을 보는 순간 잔뜩 기다리고 있던 소선개는 화살처럼 쏘아나갔다.

휘익!

용비는 소선개가 자신을 향해 곧장 짓쳐오는 것을 보고 바짝 긴장해서 두 주먹을 힘껏 움켜쥐었다.

그의 두 팔에는 청룡공과 백호공이 가득 주입되어 있는 상태다. 거기에 소선개가 단 한 대만 맞아주기만 하면 그것으로 끝장이다.

소선개는 신형을 날리자마자 순식간에 다섯 걸음을 좁혀 와서 벼락같이 두 주먹을 와르르 쏟아냈다.

슈슈슈슉!

용비는 만반의 준비를 하고 있었으나 소선개가 이렇게 빠를 줄은 미처 예상하지 못했다.

나름대로 소선개가 이렇게 공격하면 저렇게 피하고 이런 식으로 반격을 해야겠다고 작전을 짜고 있었는데 그것들이 한순간에 무용지물이 되고 말았다.

퍼퍼퍼퍽!

"으윽……."

소선개의 두 주먹이 용비의 상체 여기저기에 소나기처럼 빠르게, 그리고 쇠망치처럼 무지막지한 위력으로 꽂혔다.

용비가 이 대결에서 사용하려고 벼르고 있던 권각술 낙영권은 미처 펼쳐 보지도 못했다.

"크으……."

쓰러질 듯이 비틀거리면서 뒤로 물러나는 용비를 소선개는 그냥 놔두지 않았다.

그림자처럼 따라붙으면서 둥실 허공으로 뛰어오르며 마치 가위처럼 양발을 교차시켰다.

퍽! 퍽! 퍽!

용비는 소선개의 오른발 발등에 관자놀이를 한 대 얻어맞고 허공으로 붕 날아가려는데 그 순간 그의 왼발 뒤꿈치가 목을 찍었다.

그래서 옆으로 픽 고꾸라지려는 순간 발끝이 턱을 강하게 올려 찼다.

즉, 소선개의 발길질은 용비가 쓰러지는 것을 허용하지 않고 계속 공격했다.

그것이 끝이 아니다. 허공에 떠 있는 용비의 온몸과 얼굴에 소선개의 두 주먹이 재차 소나기처럼 쏟아졌다.

퍼퍼퍼퍼퍽!

지금 소선개가 전개하고 있는 것은 그가 가장 자신있게 생각하는, 그리고 개방의 가장 유명한 다섯 개의 성명 무공 중 하나인 취타십선발이다.

그는 아직 삼성(成)밖에 진전을 이루지 못했으나 그 정도면 강호에서 능히 일류 소리를 듣는다. 그리고 용비 정도 때려눕히는 것은 충분하고도 남는다.

털썩!

족히 주먹과 발길질을 삼십 대 이상 얻어 터진 용비는 끝내 짚단처럼 바닥에 엎어졌다.

소선개는 방금 전개한 취타십선발에 공력을 거의 싣지 않았다. 아니, 공력을 사용하기는 했지만 그것은 권각술의 빠르기를 위해서지 주먹과 발의 위력은 전력의 이 할 정도만 사용했다.

만약 전력을 다했으면 주먹 서너 대나 발길질 한두 번에 용비는 이미 죽은 목숨이 됐을 것이다.

"웅……."

용비는 일어나려고 왼손으로 바닥을 짚고 안간힘을 썼다. 소선개는 이것으로 싸움이 끝났다고 여겼으나, 용비는 이 정도로 싸움이 끝났다고는 눈곱만큼도 생각하지 않았다.

소선개는 일어나려고 버둥거리는 용비 앞에 우뚝 서서 두 손으로 허리를 짚고 의기양양하게 웃었다.

"으헤헷! 더 맞고 싶지 않으면 그냥 엎어져 있어라!"

그러나 용비는 기를 쓰고 일어섰다. 한쪽 눈은 부어서 완전히 감겨 보이지 않고 코와 입은 깨지고 찢어져서 피가 흐르는 모습이 처참했다.

"이 자식이!"

윙!

소선개는 마지막 결정타로 오른발을 뻗어냈다. 발끝이 명치에 정확하게 꽂히면 아무리 독종 용비라고 해도 더 이상 일어나지 못할 것이라고 판단했다.

그런데 그 순간 용비의 오른손이 허공을 가르며 뭔가 두 개의 물체를 던져냈다.

쐐액!

소선개는 움찔했으나 오른발을 뻗고 있는 중이므로 피할 수가 없었다.

용비가 그런 결정적인 순간을 노렸다는 사실을 그 순간 깨달았다.

따딱!

"억!"

현도가 용비에게 건네주었던 두 개의 차돌이 소선개의 정강이와 왼쪽 턱에 적중됐다.

용비는 한 번 동작에 두 개의 차돌을 각기 다른 방향으로 정확하게 던질 수 있다. 그것은 코흘리개 시절부터 해온 피나는 돌팔매 연습의 결과다.

"으으……."

소선개는 용비의 명치를 향해 뻗었던 오른발을 멈추고 본능적으로 손으로 턱을 감싸면서 신음을 흘렸다. 오른발 정강이와 왼쪽 턱이 동시에 무지하게 아팠다. 그러나 그 순간 그는 아차 싶었다. 이 기회에 용비가 급습을 가할 수도 있기 때문이다.

그가 급히 쳐다보자 아니나 다를까 용비가 짓쳐오면서 오른 주먹을 쭉 뻗고 있었다.

무슨 권각술 흉내를 내는 것 같은데 꽤나 어설프다고 소선개는 아픈 중에도 생각했다.

"이 새끼!"

급습을 당한 소선개는 발끈 화가 치밀었다. 그리고 그 순간 좋은 생각이 떠올랐다.

'흐흥! 너 죽어봐라!'

하룻강아지 범 무서운 줄 모르는 놈의 주먹을 박살 내줄 생각이다.

위잉!

소선개는 자신의 가슴을 향해서 뻗어오는 용비의 주먹을 향해 힘껏 오른 주먹을 뻗었다.

더구나 공력을 오 할이나 주입했다. 그 정도면 용비의 주먹은 박살이 나고 말 것이다. 그리되면 두 번 다시 자신에게 기어오르지 못할 터이다.

빠각!

두 개의 주먹이 정통으로 격돌했다. 그러면서 쇠망치로 자갈을 부수는 듯한 경쾌한 음향이 터졌다.

"우헤헤헷! 이 자식. 정신이 번쩍 드느냐?"

소선개는 왼쪽 턱과 오른발 정강이가 욱신거리는 것을 참으면서 내심 득의하게 웃었다.

그런데 그때 오른팔이 찌르르 하더니 갑자기 펄펄 끓는 뜨거운 기름 속에 담근 듯한 무지막지한 고통이 엄습했다.

"으흐흐… 이게 뭐냐……."

그는 축 늘어진 자신의 오른팔을 내려다보면서 뒤로 비칠비칠 물러섰다.

그의 주먹은, 아니, 손은 완전히 으깨어져서 너덜너덜했으며, 팔꿈치와 어깨뼈가 탈골됐다.

용비의 청룡공이 실린 오른 주먹하고 정통으로 격돌한 결과다. 만약 용비가 전력을 다했다면 지금쯤 소선개의 오른팔은 흔적조차 없이 사라져 버렸을 것이다.

그런데 그때 눈앞의 용비가 두 발로 힘껏 바닥을 박차면서 허공으로 떠올랐다.

'떴어……?'

소선개는 망연히 그 모습을 바라보기만 했다.

그리고 낙영권의 멋진 공중회전 돌려차기가 이어지며 용비의 발뒤꿈치가 소선개의 관자놀이를 찍었다.

쾅!

"캑!"

第十七章　대호도(大虎圖)

용비는 신룡보주의 무남독녀를 이용해서 신룡경천도법을 얻겠다고 결정했다.

현재로선 그 방법뿐이다. 신룡보주를 상대한다거나 신룡보에 잠입하여 신룡경천도법이 기록된 무공서를 훔친다는 것은 차라리 하늘에 올라 달을 따는 것보다 어려울 것이기 때문이다.

모든 방법이 다 어려운데 그나마 신룡보주의 딸에게 접근하는 것이 그중 쉬울 것 같았다.

그러나 잡박노는 역시 수박 겉핥기의 대가다웠다. 그에게서는 신룡보주의 딸 별호와 이름, 나이 정도밖에 건진 게 없었다.

그러면서도 은자 다섯 냥을 요구하자 요조가 참지 못하고 달려들어 몇 개 남지 않은 그의 수염을 다 뽑아버렸다.

흑룡가인(黑龍佳人) 반아미(潘雅美). 십팔 세.

이것이 사우당이 목표로 삼은 신룡보주 딸에 대해서 알아낸 전부였다.

원래 방파나 문파의 소방주 또는 소문주에 대해서는 세상의 관심이 집중되기 때문에 널리 알려져 있는 것이 보통인데 흑룡가인 반아미의 경우는 전혀 그렇지 않았다.

마치 이름만 존재하는 사람처럼 정말 이상할 정도로 알려져 있는 것이 전혀 없었다.

가장 좋은 방법은 소선개를 이용하는 것이다. 항주 성내에서 소선개가 알아내지 못할 정보란 존재하지 않는다.

어젯밤 일대일 대결은 소선개의 패배로 끝났다. 그가 자기 입으로 내뱉은 약속을 지킨다면 그는 용비의 수하가 될 것이다.

그러면 용비는 흑룡가인 반아미에 대해서 상세하게 조사하라고 그에게 명령을 내리면 된다.

하지만 소선개는 어젯밤 용비와의 대결에서 뻗어버린 채 아직도 깨어나지 못하고 있다.

오른 주먹이 박살 나고 팔꿈치와 어깨가 탈골되었으며, 마지막 용비의 공중에서 뒤꿈치 돌려차기로 얻어맞은 관자놀이가 치명적이었다.

용비는 생각이 잘 나지 않는데 어쩌면 그 당시 그의 오른발에 약간의 청룡공이 주입되어 있었는지도 모른다.

그때는 너무 다급한 상황이었고, 무슨 수를 써서라도 소선개를 쓰러뜨려야 한다는 각오 때문에 청룡공을 주입했을 수도 있다.

만약 그랬을 경우에 소선개는 오랫동안 자리에 누워 있어야만 할 것이다.

용비는 우선 소선개를 치료하여 사우당 일층에 눕혀놓고 나서야 자신의 상처를 돌봤다.

그가 자신의 상처를 치료하기 위해서 한 일은 세 차례 삼원심공을 운공한 것뿐이었다.

일전에 토지묘에 감금된 요조를 구하는 과정에서 그는 개방제자들에게 흠씬 두들겨 맞았다.

이후 집으로 돌아올 때에는 수진랑에게 업혀서 왔으나 그 사이에 정신을 차렸다.

그리고 집에 도착한 후에는 어느 정도 아픔을 참으면서 수진랑에게 천추신뢰검 해독한 것을 설명해 줄 수 있을 만큼 회복했었다.

그리고 다음날 아침에는 맞은 부위가 조금 결리는 정도였을 뿐이고, 이틀째에는 상처마저도 거의 말끔하게 치료가 되었었다.

그가 입은 상처는 최소한 보름 이상은 자리보존하고 누워 있어야 할 정도로 심했다.

그는 어째서 그런 일이 가능한 것인지에 대해서 곰곰이 생각을 해봤다. 그리고 삼원심법, 아니, 삼원심공 덕분이라는 결론을 얻었다.

그가 삼원심법을 익힌 지는 사 년 정도가 됐다. 그동안 싸움도 무수히 했고 수십 번도 더 다쳤다.

하지만 상처가 회복되는 속도는 보통사람보다 조금 나은 정도였을 뿐이다.

그가 요조를 구하는 과정에서 토지묘에서 싸우다가 크게 다친 일은 사부 완사의 가르침으로 청룡공과 백호공을 최초로 전개했던 다음날에 일어났다.

즉, 삼원심공이라는 것을 처음으로 운공한 이후에 다쳤고, 그것이 빠른 회복을 보였던 것이다.

그래서 그는 삼원심공이 상처를 스스로 치료하고 회복시키는 놀라운 능력이 있는 것이라는 결론을 내렸다.

"푸하하! 소선개 저 새끼. 이제는 우리 앞에서 찍소리도 못하겠지."

평소에 별로 말이 없는 낙혼은 용비가 일대일 대결에서 소선개를 박살 냈다는 사실 때문에 기분이 한껏 고조되어 있는 상태다.

낙혼만이 아니다. 현도와 요조도 세상을 다 가진 것처럼 기뻐하며 연신 용비에게 칭찬을 아끼지 않았다.

"비야, 너 어젯밤에는 만신창이에 형편없는 몰골이더니 지금은 거의 말짱하네."

옆에 앉은 요조가 용비의 얼굴을 이리저리 만져보면서 신기하다는 듯 감탄했다.

어젯밤 소선개와의 싸움 직후에 용비의 얼굴은 정말 눈 뜨고는 못 봐줄 정도로 참혹했다.

그래서 세 친구는 몹시 걱정했었는데 하룻밤 사이에 거의 다 나은 것이다.

"비야, 어떻게 이럴 수 있는 거지? 응?"

요조의 물음에 용비는 그저 빙그레 엷은 미소만 지었다. 미소라고 해봐야 다른 사람들에게는 오싹함이 뭉클 뿜어지는 모습이겠지만 세 친구에겐 미소로 보인다.

용비와 천추문 숙객당 완사의 관계에 대해서 친구들은 잘 알고 있다.

용비가 사 년여 동안 완사에게 많은 것을 배웠으며 얼마 전에는 사제지간이 됐다는 사실도 알고 있다. 그러므로 용비의 놀라운 변화가 사부 완사 덕분이라고 짐작하지만 자세한 내용은 모른다.

또한 그가 스스로 말해주지 않으면 억지로 알려고 하지 않는다.

지금은 신룡경천도법을 어떻게 하면 얻을 수 있을까 방법을 의논하는 자리인데, 낙혼과 요조의 관심은 온통 용비가 소선개를 이겼다는 것, 그리고 용비의 놀라운 변신에 집중되어 있었다.

현명한 현도는 분위기를 바꿔야겠다고 생각했다.

"비야, 내가 한 번 계획을 짜볼게."

"그럴래?"

지금까지 사우당에 일거리가 들어오면 대부분 현도가 작전을 짰었다.

그것을 용비가 검토하여 부족한 부분을 보충하면 낙혼과 요조가 행동에 나서 일거리를 성공시켰다.

현도는 싸움을 잘 못하는 대신 그 이상의 역할을 담당했으며 언제나 일거리를 성공으로 이끌었다.

"네 말대로 흑룡가인 반아미를 공략해야 할 것 같다."

현도는 고개를 모로 꼬았다.

"그런데 문제는 그녀에 대한 정보가 전무하다는 거야."

그는 소선개가 누워 있는 침실 쪽을 쳐다보면서 미간을 좁

히며 중얼거렸다.

"저 자식이 빨리 깨어나서 알아봐 주면 좋을 텐데……."

그는 용비를 쳐다보며 혀를 찼다.

"쯧쯧. 저놈에게 너 같은 능력이 있겠어?"

'능력?'

그때 용비의 뇌리를 스치는 한 가지 생각이 있었다.

침상에 누워 있는 소선개는 그야말로 목불인견의 참담한 몰골이었다.

싸움에서의 상처는 원래 그 다음날이 되면 절정에 이른다. 상처의 붓기가 최고조에 도달하기 때문이다.

지금 소선개가 그랬다. 오른팔은 온통 퉁퉁 부어서 허벅지처럼 부풀어 올랐으며, 용비의 돌려차기 발길질에 직통으로 얻어터진 관자놀이 때문에 시커멓게 변색된 얼굴이 두 배쯤 커져 있었다.

용비가 어젯밤과 오늘 아침 두 번에 걸쳐서 소선개의 상처에 약을 바르고 환약을 먹였으나 별 효험이 없었다.

미령루 집에 두고 온 그가 제조한 금창약이나 환약이 있다면 소선개의 상처가 하룻밤 사이에도 어느 정도 차도를 보였을 것이다. 하지만 화봉각에서 제공한 약으로는 상태가 전혀 호전되지 않았다.

용비는 소선개의 맥을 짚어보았다. 그런데 맥이 정상적이지 않고 흐릿하면서도 뚝뚝 끊어지듯이 이어졌다. 박살 난 오른팔과 얼굴 반쪽이 완전히 짓이겨졌기 때문이다. 물론 소선개는 여전히 혼절에서 깨어나지 못하는 상태다.

'능력이라…….'

그는 조금 전에 현도가 했던 말을 다시 한 번 속으로 중얼거려 보았다.

용비가 몹시 심하게 다쳤는데도 불구하고 다음날이면 거뜬해지는 이유는 삼원심공 덕분이다. 현재 그는 그렇게 확신하고 있다.

그래서 그는 삼원심공을 일으켜서 소선개에게 주입시키면 같은 결과가 나타나지 않을까 생각했다. 지금 그것을 시험해 보려는 것이다.

그는 잠시 호흡을 고른 후에 삼원심공을 운공하여 소선개의 손목을 잡고 느릿하게 주입시켰다.

약 반 각에 걸쳐서 그는 세 차례 삼원심공의 기운을 소선개에게 주입시켰다.

그렇다고 해서 사공, 즉 청룡공이나 백호공 따위를 주입한 것은 아니다.

사공을 생성하기 전 단계인 기운이다. 말하자면 삼원심공 기라고 할 수 있다.

용비는 소선개의 맥을 다시 짚었다. 맥이 아까보다 많이 안정되었다. 하지만 오른팔과 얼굴의 붓기는 그대로다.

'나한테만 효과가 있는 것인가?

그는 조금 더 기다려 보다가 소선개에게 아무런 변화가 없자 방을 나갔다.

사우당에 배속된 열 명의 무사들의 잔심부름을 도맡아서 하는 설매가 왔다.

"저… 대도가가 위독하다고……."

설매는 사우당 안으로 들어오지도 못하고 밖에서 쭈뼛거리며 겨우 말했다.

며칠 전에 대도가는 용비에게 만신창이가 됐다. 그날 이후 용비와 세 친구는 사우당에서 막막이 해주는 식사를 하면서 봉래전에는 한 번도 가지 않았다. 또한 무사들도 용비 일행을 부르지 않았다.

그러니 대도가와 무사들이 뭘 하고 있는지도 알 수가 없었다. 아니, 알고 싶지도 않았다.

하지만 설매의 말을 듣고 용비와 세 친구는 의외라는 표정을 지었다.

"들어와서 말해라."

현도가 말했으나 잔뜩 겁을 먹은 설매는 계속 밖에서 머뭇거렸다.

그러자 문 안쪽에 서 있던 막막이 또 이상증세를 보였다. 그녀는 발끈해서 설매의 귀를 잡고 안으로 잡아끌었다.

"현도님께서 들어오라고 하신 말씀 듣지 못했어? 사내자식이 왜 이렇게 못났어?"

"아아……."

요즘 막막은 자주 폭발, 아니, 이상증세를 보인다. 어쩌면 그것이 그녀의 실체인지도 모른다.

화봉각의 많은 하녀와 하인, 숙수 등에게 둘러싸여서 이상한 애라고 따돌림을 받느라 스스로의 실체를 꾹꾹 누르고 있었을 터이다.

그랬다가 사우당에 오고 나서는 용비 등이 잘 해주는데다, 마음이 든든해지고 믿는 구석이 생기니까 차츰 본성이 드러나고 있는 것일지도 모르는 일이다.

"네 분 앞에서는 무릎을 꿇어라!"

막막의 추상같은 명령에 설매는 그녀의 말이 끝나기도 전에 바닥에 무릎을 꿇고 조금 전에 하던 말을 이었다.

"대도가는 그날 당주님께 크게 당한 이후 아직까지 혼절에서 깨어나지 못하고 있습니다……."

"치료를 하지 않았느냐?"

현도의 물음에 설매는 깜짝 놀랐다가 기어들어 가는 목소리로 대답했다.

"네……."

"어째서?"

"화봉각 의방에서는 대도가의 치료는 사우당 당주님의 허락이 없으면 불가하다고 해서… 대도가와 속하들은 사우당 소속이기 때문에……."

현도는 득의하게 빙긋 미소 지으며 용비를 쳐다보았다.

"…라는데?"

막막은 탁자 둘레에 앉은 용비 등에게 차를 한 잔씩 따른 후에 또 한 잔을 따라서 설매에게 다가가 조금 머뭇거리다가 내밀었다.

"자… 마, 마셔."

소선개에게는 문전박대에 그토록 심하게 대하더니, 설매에게는 심하게 대하면서도 사우당 안에 들어오게 하고 또 차까지 대접하고 있는 막막이다.

설매가 황송한 듯 두 손으로 찻잔을 받자 막막은 코웃음을 치며 돌아섰다.

"흥! 목 마를까 봐 주는 거야! 누가 너 따위를 좋아해서 그러는 줄 알아?"

요조는 얼굴을 낙혼 쪽으로 돌리고 키득거렸다.

"큭큭큭. 막막 쟤 정말 알기 쉬운 성격이네."

용비는 대도가를 죽게 내버려 둘 생각은 없다. 오히려 그가 무사들의 우두머리이기 때문에 그를 잘 다스리면 무사들을 다루는 일이 쉬울 것이라고 생각했다.

며칠 전에 대도가는 용비에게 심하게 당했었다. 절반의 청룡공이 주입된 주먹으로 가슴을 정통으로 맞았으니 그 자리에서 즉사하지 않은 것이 다행이었다. 그런데다가 그동안 치료도 받지 못한 채 방치되어 있었다면 죽는다고 해도 이상한 일이 아니다.

그때 갑자기 침실 문이 열리더니 소선개가 비틀거리면서 밖으로 걸어나오는 것을 보고 용비를 제외한 사람들은 깜짝 놀랐다.

현도와 낙혼, 요조, 심지어 막막까지도 소선개를 보면서 경악을 금치 못했다.

어젯밤에는 시체나 다름없던 소선개가 제 발로 걸어나오고 있으니 헛것을 본 듯 눈을 비볐다. 하지만 분명히 소선개가 맞다.

현도 등은 조금 전에 용비가 소선개가 누워 있는 침실에 들어갔다가 나오더니 그가 또다시 무슨 신기를 부렸을 것이라고 짐작했다.

이런 일이 반복될수록 놀랍기는 하지만 또한 더없이 든든한 현도와 낙혼, 요조다.

용비는 재빨리 소선개의 얼굴과 오른팔을 살펴보았다. 얼굴은 몰라볼 정도로 붓기가 가라앉았으며 흐릿하게 멍이 남아 있었다. 그리고 허벅지처럼 퉁퉁 부었던 오른팔도 많이 가라앉았다.

이번에는 용비의 시선이 소선개의 오른손으로 향했다. 어젯밤에 그의 손은 완전히 으스러졌었는데 지금은 어찌 됐는지 궁금했다.

오른손의 붓기는 완전히 빠진 상태다. 하지만 그가 손을 움직이지 않기 때문에 어떤 상태인지는 알 수가 없다. 어쨌든 이로써 삼원심공기를 이용해서 용비 자신만이 아니라 다른 사람도 치료할 수 있다는 사실이 입증된 것이다.

모두들 놀란 얼굴로 소선개를 쳐다보고 있는데 그는 처음에는 비틀거리다가 차츰 제대로 걸음을 옮겨 용비 가까이에 멈춰 섰다.

용비는 소선개 쪽으로 돌아 앉아 허리를 꼿꼿하게 폈다. 그의 당당한 모습에 비해서 소선개는 평소의 모습은 찾을 수가 없고 많이 의기소침한 모습이다.

용비에게 묵사발이 되도록 패했다는 것이 제 딴에는 큰 충격이었던 모양이다.

보통사람이라면 이런 상황에서 상대를 실컷 비웃어주고 더 짓밟아주는 것이 예사다.

그래서 상대가 짓뭉개지면 그걸 보면서 이중 삼중의 쾌감을 맛보며 즐긴다.

하지만 용비나 세 친구는 그렇지 않다. 짓밟힌 사람의 심정을 너무도 잘 알고 있기 때문이다.

현도가 소선개에게 탁자에 빈자리 하나를 내주었다.

"앉아라."

짓밟히고 수모를 당할 것이라고 짐작했는데 그런 일이 벌어지지 않으면, 아니, 오히려 손을 내밀어주면, 상대는 크게 흔들린다.

더구나 그런 경험이 한 번도 없었던 사람은 흔들리는 정도가 아니라 아예 무너진다. 지금 소선개가 그랬다.

이심전심이었을까. 소선개를 보면 진저리를 치던 막막마저 그에게 찻잔을 내주었다.

"들어요."

소선개는 이 따스하고 훈훈하며 가족애가 넘치는 분위기에 뭔가 이질적이지만 가슴이 두근거리고 따스한 물속에 온몸을 담근 듯한 포근한 기분이 들었다.

용비를 비롯한 모두들 묵묵히 소선개를 주시했다. 아니, 그가 과연 오른손으로 찻잔을 들어 올릴 수 있을지 관심이 집중됐다.

감정이 매우 고무된 소선개는 오른손을 뻗어 찻잔을 잡고 천천히 들어 올려 입으로 가져갔다.

"완전히 부서졌던 손이 다 나았어!"

"굉장하군!"

그걸 보고 요조와 현도가 탄성을 터뜨렸다.

"어?"

소선개는 그제야 자신의 오른손을 보고는 어리둥절한 표정을 지었다.

현도가 마치 영감처럼 흐뭇한 얼굴로 껄껄 웃었다.

"하하하! 용비가 널 치료했다!"

"용비가……."

소선개는 감정이 북받치는 듯한 표정으로 용비를 쳐다보았다. 그러더니 눈을 가늘게 떨면서 감정에서 우러나는 진심을 토로했다.

"나… 너희와 친구가 되고 싶다."

그는 용비나 현도 등과 같은 진정한 친구들이 있으면 그 우정을 위해서라면 목숨을 바칠 수도 있을 것이라는 생각이 들었다.

그런데 갑자기 분위기가 싸늘하게 식었다. 용비는 원래 소선개를 대하고도 평소의 표정이었으나, 방금까지 미소 짓던 현도와 낙혼, 요조, 막막까지도 찬바람이 쌩쌩 도는 냉랭한 표정으로 소선개를 쏘아보았다.

그러더니 갑자기 요조가 벌떡 일어나서 신발을 벗어 소선개의 머리와 온몸을 미친 듯이 때리며 악을 썼다.

"야! 이 자식아! 네가 우리 수하지 어째서 친구냐? 이놈 자식 아예 내가 죽여 버릴 테니까 아무도 말리지 마!"

용비는 소선개에게 신룡보주의 딸 흑룡가인 반아미에 대해서 조사하라고 지시한 후 지하통로를 통해서 화봉각 밖으로 내보냈다.

이어서 봉래전으로 가서 무사들의 우두머리 대도를 삼원심공기로 치료해 주고 사우당으로 돌아왔다.

용비는 무사들에 대해서는 별다른 기대를 하지 않았다. 그래서 사우당의 일은 언제나처럼 자신과 세 명의 친구들이 이끌어갈 생각이다.

화봉 옥연이 그래도 생각해서 무사들을 붙여줬는데 성의를 봐서라도 거절하는 것은 예의가 아니다. 괜히 이것저것 트집을 잡을 필요는 없다.

이쪽에서 참고 양보하는 것이 있으면 저쪽에서도 마찬가지일 것이다.

그런데 용비가 대도를 치료하고 돌아온 지 한 시진쯤 지나서 누군가 사우당 문을 두드렸다.

막막은 아무런 생각 없이 그저 무심코 문을 열었다가 질겁하며 비명을 질렀다.

"악!"

사우당 입구 앞 작은 공터에 대도를 비롯한 무사 열 명이 무릎을 꿇고 납작하게 부복해 있는 것이 아닌가.

마침 용비는 무공 연마를 하러 지하 이층에 내려가 있어서 현도와 낙혼, 요조 세 사람이 밖으로 나왔다.

그들은 어떻게 된 일인지 대충 짐작했다. 무사들의 우두머리격인 대도가 용비에게 혼쭐이 나서 사경을 헤매다가 다시 용비의 치료 덕분에 구사일생 소생했으니 그 심정이야 들어보나 마나다.

원래는 용비를 비롯한 세 친구를 같잖게 여기고 거침없이 막 행동하다가 뜨거운 맛을 보고 나서야 제정신을 차린 것이다.

대도를 단단히 틀어쥐었으니 이제 무사들을 부리는 것은 아무런 문제가 없을 것이다.

맨 앞에 무릎을 꿇은 대도가 고개를 들고 현도 등을 우러러보며 감격하고도 비장한 표정으로 입을 열었다.

"그동안 속하들이 잘못했습니다! 부디 너그럽게 용서하시고 속하들을 받아주시……."

"설매, 무슨 일이냐?"

그때 현도가 대도의 말을 뚝 끊고 설매에게 물었다.

맨 앞의 대도와 맨 뒤의 설매가 동시에 고개를 들고 의아한 얼굴로 현도를 쳐다보았다.

낙혼과 요조는 현도의 의도를 짐작하고 흐릿한 미소를 지으며 잠자코 지켜보았다.

현도는 설매를 보며 약간 언성을 높였다.

"설매! 무슨 일이냐고 묻지 않느냐?"

설매는 화들짝 놀라 비슥비슥 일어나서 쭈뼛거렸다.

"저… 저는……."

얼마나 긴장하고 겁을 먹었는지 현도가 한 번만 더 소리치면 울어버릴 것만 같았다.

대도뿐 아니라 무사들 모두 고개를 들고 어리둥절한 표정으로 현도와 설매를 번갈아서 쳐다보았다.

그러나 현도는 끄떡도 하지 않고 설매에게 말했다.

"그동안 네가 무사들의 의견을 우리에게 꾸준히 대변해 주었으니 네가 이들의 우두머리인 것이 분명하다."

"아… 저는 그저 심부름으로……."

현도는 고개를 크게 끄덕였다.

"그렇다! 원래 우두머리의 역할이 그런 것이다. 지금 이 시간부로 너를 향주로 임명하겠다."

"햐… 햐… 향주?!"

같은 무사들에게조차 계집애 같다고 따돌림을 당하고 그

들의 온갖 짓궂은 장난이나 해코지를 견뎌온 울보 설매가 모두의 실질적인 우두머리 향주로 임명되는 순간이다.

현도는 몸을 돌렸다.

"설 향주, 따라 들어와라. 명령을 하달하겠다."

낙혼과 요조는 터져 나오려는 웃음을 간신히 참으면서 설매를 쳐다보았다.

아름다운 여인보다도 더 아름답게 생긴 사내 설매는 비지땀을 뻘뻘 흘리면서 어쩔 줄 모르며 서 있었다.

"내… 내가 향주라니… 하아……."

지하 이층에서 용비는 잠시 딴 짓을 하고 있었다. 무공 연마에 들어가기 전에 사부 완사가 그린 그림을 잠시 보는 중이다.

사부가 용비에게 남겨준 그림통에는 모두 네 장의 그림이 들어 있었다.

용비가 지금 바닥에 펼쳐 놓은 그림은 사부가 마지막으로 그렸던 대호도(大虎圖)이다.

사부는 그림에 따로 이름을 적어놓지는 않았다. 단지 그림에는 짐승이 한 마리씩 등장하는데, 지금 용비가 보고 있는 그림에는 대호가 등장했다. 그래서 그 그림을 대호도라고 이름을 붙였다.

용비는 눈으로는 그림을 보고 있으면서도 머리로는 다른 생각을 하고 있었다.

사부가 했던 그다지 많지 않은 말 중에서 지금도 용비의 가슴에 또렷이 새겨져 있는 것이 있다.

"무언가 하고 싶을 때 하지 않았던 것. 꾹꾹 참았던 것을 모두 후회한다."

사부는 과연 무엇을 하고 싶었으며 무엇을 참았던 것인가. 도대체 얼마나 참았기에 그토록 한이 맺혔을까.

그리고 사부는 마치 마지막 말인 양, 그래, 지금 생각해 보니까 사부는 떠날 것을 예고한 것처럼 그 말을 남겼다.

"너는 나처럼 살지 마라."

용비는 갑자기 가슴이 옥죄어지는 것을 느꼈다. 여태까지 이랬던 적은 한 번도 없었는데 갑자기 사부가 너무 가엾고 또 무척이나 그리웠다.

"사부님……."

그림을 보고 있는 그의 눈에 눈물이 고여서 그림이 부옇게 보였다.

여간해서는 눈물을 보이지 않는 그가 사부를 생각하니까 저절로 눈물이 났다.

눈물이 그림에 떨어질 것 같아서 그는 얼른 손등으로 눈물을 닦았다.

하지만 한 번 솟구치기 시작한 눈물은 쉽게 그치지 않고 자꾸만 샘솟았다.

그 눈물 너머로 사부가 그린 대호도가 흐릿하게 이지러져서 보였다.

쏴아아.

그런데 갑자기 시원한 산들바람이 불어왔다.

맴맴맴맴. 찌륵찌륵.

또한 온갖 벌레소리가 여기저기에서 들려왔다.

용비는 뭔가 이상함을 느끼고 허리를 펴면서 고개를 들었다.

쿠쿠쿠쿠—

그런데 느닷없이 지축을 뒤흔드는 웅장한 굉음이 바로 눈앞에서 터져 나왔다.

"아아……."

그의 입에서 탄성이 흘러나왔다. 그리고 두 눈은 놀라움으로 잔뜩 커졌다. 놀라는 것을 모르는 그가 지금 극도로 놀라고 있는 것이다.

그의 눈앞에서는 거대한 폭포가 높은 곳에서 떨어져 내리고 있었다.

환상이 아니다. 폭포에서 튄 물줄기가 용비의 온몸으로 쏟아지고 있으니 결코 환상일 리가 없다.

"어떻게 이런 일이……."

그는 머릿속이 텅 빈 것처럼 아무 생각도 나지 않았다. 방금 전까지만 해도 그는 사우당 지하 이층에서 사부의 그림 대호도를 보고 있었다.

그런데 지금 그의 눈앞에서는 웅장한 폭포가 천지를 쪼갤 듯이 쏟아져 내리고 있지 않은가. 어떻게 이런 일이 벌어진 것인지 알 수가 없다.

그는 눈을 깜빡거리면서 천천히 주위를 둘러보았다. 폭포는 하나의 소(沼)로 떨어졌으며 그곳에서 시작된 맑은 계류가 산 아래로 흘러갔다.

그렇다. 이곳은 깊은 산속이었다. 용비는 소 옆의 커다란 바위 위에 서 있었다.

그의 뒤쪽은 울창한 숲이 펼쳐져 있고, 폭포 너머에는 하늘을 찌를 듯한 높은 산봉우리들이 보였다. 그런데 이 광경이 매우 눈에 익었다.

"이… 것은 설마……."

그런데 그 순간 그의 뇌리를 번갯불처럼 스치는 것이 있었다. 지금 그가 보고 있는 광경은 조금 전까지 그가 사우당 지하 이층에서 보고 있었던 그림과 일치한다는 사실이다.

착각이 아니다. 조금 전까지 보고 있었으므로 그림의 내용은 그의 머릿속에, 그리고 눈에 생생하게 남아 있다. 그런데 지금 그는 그림 속의 그 풍경 속에 서 있는 것이다.

"아아……."

말도 안 되는 일이지만, 그는 사부가 그린 그림 대호도 속에 들어와 있는 것이다.

크르르.

그때 어딘가에서 맹수의 으르렁거리는 소리가 들려오자 용비는 급히 그쪽을 쳐다보았다.

그곳 폭포 꼭대기 옆쪽에 한 마리 거대한 호랑이가 우뚝 서서 용비를 굽어보고 있었다.

사부의 그림 대호도에는 집채만 한 크기의 호랑이가 있었다. 그래서 대호도인 것이다.

꺼흥!

그때 대호가 한차례 허공을 진동시키는 울음을 터뜨리더니 곧장 용비를 향해 뛰어내려 덮쳐 왔다.

第十八章 대호도(大虎圖)의 비밀

萬能書生

“비야.”

지하 이층의 문이 열리고 현도가 들어오면서 용비를 불렀다.

그러나 방에는 아무도 없었다. 방바닥에 그림 한 장만 펼쳐져 있을 뿐이다.

현도를 뒤따라 들어온 수진랑은 실내를 한 번 둘러보고는 나직이 중얼거렸다.

“용비는 어디에 있느냐?”

“그게……”

현도는 자신의 뒤에서 들려오는 수진랑의 목소리에 으스

스 한기를 느꼈다.

목소리만으로 듣는 이의 심장을 오그라들게 만드는 능력을 지닌 사람은 흔하지 않다. 수진랑이 용비의 친구라지만 현도 등은 그녀를 친구로 받아들이는 데 많은 시간이 필요할 것 같았다.

"분명히 이 방에 있었는데 이상하군요?"

실내는 가구 하나 없이 탁 트인 공간이라서 숨을 만한 곳도 없다. 현도는 이상하다는 듯 연신 고개를 갸웃거리면서 문을 나섰다.

"다른 곳을 찾아보도록 하죠."

소선개는 수진랑을 만나서 용비가 있는 곳과 사우당으로 직접 진입할 수 있는 지하통로의 입구를 가르쳐 주었다.

수진랑은 그 즉시 이곳으로 달려왔다. 물론 용비가 화봉각에 있다는 말은 아무에게도 하지 않았다.

한정이 애타게 기다리고 있겠지만, 수진랑으로서는 용비가 아무에게도 말하지 말라고 하면 그걸 지키는 게 우선이다.

그런데 기쁜 마음으로 한달음에 달려와 보니까 용비가 보이지 않는 것이다.

현도는 수진랑, 낙혼, 요조, 막막과 함께 사우당 안팎을 샅샅이 뒤졌으나 어디에서도 용비를 찾지 못했다.

밤이 되었는데도 용비는 나타나지 않았다.

모두 사우당 일층에 모여서 걱정을 하고 있는데 소선개가 지하통로를 통해서 들어왔다.

용비가 없다고 해도 신룡경천도법을 손에 넣는 계획은 진행해야 하므로 모두는 소선개가 갖고 온 새로운 정보를 주의 깊게 들었다.

과연 소선개의 능력은 탁월했다. 그는 신룡보주의 딸 흑룡가인 반아미의 하녀를 매수하여 반아미에 대한 모든 것들을 알아내는 데 성공했다.

"은자 열 냥 들었어."

그는 설명을 마치고 나서 손을 내밀었다. 하녀를 매수하는 데 은자 열 냥이 들었으니까 달라는 것이다. 현도는 두말 않고 은자 열 냥을 내주었다.

소선개가 알아온 반아미에 대한 정보는 이랬다.

첫째, 반아미는 무공광(武功狂)이다. 자신의 거처에 개인 연공실과 연무장이 있는데 하루 종일 그곳에서 살다시피 하면서, 밤에도 거의 잠을 자지 않고 무공 연마에 매두몰신(埋頭沒身)한다는 것이다.

그렇기 때문에 신룡보의 사람들조차 몇 달 동안 그녀를 보지 못하는 일이 예사라고 한다.

그녀는 여자면서도 무기는 검보다 훨씬 무거운 도를 사용한다. 신룡보의 주된 성명무공이 도법이기 때문이다.

둘째, 반아미는 병적일 정도로 자아도취 성격이다. 천하에서 자신이 가장 아름답다는 자기우월감에 빠져 있다.

그래서 자신에게 어울리는 남자란 세상천지에 존재하지 않는다고 굳게 믿고 있다.

셋째, 그녀는 신룡보에서 부친인 신룡보주 다음으로 고강하다. 즉, 신룡보의 이인자다. 그런 탓에 자기보다 약한 남자들을 발가락의 때만큼도 여기지 않는다.

넷째, 그녀는 무공광일뿐더러 또한 비무에 미친 비무광(比武狂)이기도 하다.

비무, 즉 남들과 무공을 겨루는 것을 인생 최고의 취미이며 절대적인 낙으로 삼고 있다. 그녀는 오로지 비무를 하기 위해서 살아가는 사람 같다.

그래서 그녀가 타인을 만나는 것은 한 가지 경우일 때뿐이다. 비무를 할 때만 신룡보를 떠나거나 신룡보 내에서 비무를 한다.

그때만 외부인을 만난다. 또한 그녀는 누가 비무를 신청하면 절대로 사양하지 않으며, 상대가 아무리 약하거나 강하다고 해도 언제나 전력을 다한다.

그녀는 지금까지 오십여 차례 비무를 했으며 한 번도 패한 적이 없다. 무패의 전적을 자랑하고 있는 것이다.

고로 비무를 한 상대는 중상을 입거나 심할 경우 죽음을 당했다는 얘기다.

참고로 그녀의 흑룡가인이라는 별호는 그녀가 가장 자랑하는 도법이 흑룡참마도(黑龍斬魔刀)이고, 또 천하일색으로 아름답기 때문에 붙여졌다고 한다.

그녀가 무공광에 비무광, 자아도취에 빠진 미인, 남자혐오증을 갖고 있으면서도 그런 사실들이 세간에 알려지지 않은 이유는 오직 하나다.

비무에서 이기려면 자신의 정보를 절대로 노출시켜서는 안 되기 때문이다.

"반아미에게 비무를 신청하는 것이 가장 쉬운 방법이기는 한데 말이야."

현도는 손가락으로 탁자를 톡톡 두드리며 중얼거렸다.

그러자 소선개가 찬물을 끼얹었다.

"반아미는 신룡보에서 보주 다음으로 고강한 이인자야. 너희 중에 대체 누가 그녀에게 비무를 신청할 자격이 있다는 것이지?"

"알고 있거든?"

뻔히 다 알고 있는 사실을 소선개가 들먹이자 요조가 인상을 확 쓰면서 한쪽 다리를 들고 신발을 벗는 시늉을 했다.

아까 요조에게 신발로 동네북처럼 얻어터졌던 소선개는

벌떡 일어나 쏜살같이 저만치 도망쳤다가 그녀가 다리를 내리자 슬그머니 돌아왔다.

얼마 전에는 수하들을 시켜서 요조를 납치했던 소선개가 지금은 그녀에게 쩔쩔매고 있다.

“하아⋯ 난감하네.”

현도는 계속 손가락으로 탁자를 두드리면서 미간에 깊은 주름을 만들고 한숨을 내쉬었다.

반아미가 신룡보 밖으로 나오는 경우는 오로지 비무를 신청한 인물이 비무 장소를 신룡보 밖으로 정했을 때뿐이기 때문에 현재로선 그녀에게 비무를 신청하는 방법이 제일감(一感)이다.

그걸 알고 있으면서도 그녀와 비무를 할 사람이 없어서 고민인 것이다.

무공으로 신룡보의 이인자인 그녀를 대체 누가 상대할 수 있다는 말인가.

시도조차도 할 수가 없다. 그녀는 매번 비무에 전력을 다하기 때문에 상대를 병신으로 만들거나 죽게 하는 것이 다반사라고 하지 않은가.

뚝.

탁자를 두드리던 현도의 손가락이 멈췄다.

“일단 비무를 신청하는 것으로 하자.”

“그래서 어쩌려고? 누가 반아미하고 비무를 할 건데?”

요조가 두 손으로 턱을 괴고 빤히 현도를 바라보았다.

현도는 사악한 미소를 지었다.

“비무는 하지 않는다.”

“무슨 헛소리야? 금방 반아미에게 비무를 신청하겠다고 말했잖아.”

현도는 고개를 끄덕였다.

“비무만 신청하는 거야. 그래서 반아미를 신룡보 밖으로 끌어내는 거지.”

“아… 거짓 비무를 신청하겠다는 거로군?”

“그래.”

“그래서 어쩔 건데?”

“그런 다음에 다른 작전을 써야지.”

“무슨 작전?”

“그건 이제부터 생각해 봐야지.”

현도는 작전을 세우는 데 귀재다. 언제나 그랬다. 막다른 벽에 부딪혔을 때마다 기발한 작전을 세워서 일을 해결하곤 했다.

수진랑은 지하 이층에서 벌써 한 시진째 혼자 우두커니 서 있었다.

용비를 아무리 찾아봐도 찾지 못하자 그가 애초에 있었다는 이곳에서 골똘히 생각에 잠겨 있는 것이다.

슥.

그녀는 그림 앞에 책상다리를 하고 앉았다. 그리고는 물끄러미 그림을 굽어보았다.

그림에 대해서는 문외한인 그녀지만 이 산수화는 썩 잘 그린 것 같았다.

높은 곳에서 웅장하게 떨어지는 거대한 폭포의 물이 그녀에게 튈 것처럼 생동감이 있었다.

그녀가 옆에 놓여 있는 그림통을 집어서 뒤집자 돌돌 말린 석 장의 그림이 바닥에 떨어졌다.

한 장은 천둥번개와 폭풍우가 휘몰아치는 거친 바다에서 한 마리 천룡이 승천하는 그림이다.

하늘에서는 오색의 서기가 바다를 향해 찬란하게 비추고 있으며, 천룡의 입에는 여의주가, 양쪽 발에는 창과 활이 움켜쥐어져 있었다.

또 한 장은 광활한 들판에 붉은 노을이 깔렸는데 그곳을 한 마리 아름답고도 거대한 주작이 날개를 활짝 펼친 채 유유히 날고 있는 그림이었다.

그리고 마지막 그림은 지옥도(地獄圖)였다. 바닥과 천장에 온통 수만 개의 거대한 도와 검이 삐죽삐죽 솟거나 뻗어 내려온 도산검림(刀山劍林)에 수많은 벌거벗은 사람들이 몸이 꿰뚫린 상태로 피를 흘리면서 허우적거리고 있다.

그리고 수십 마리의 각양각색의 흉측하게 생긴 괴물들이 돌아다니면서 사람들을 잡아먹거나 피를 마시고 있는 끔찍한 광경이었다.

언제나 냉정한 수진랑도 지옥도를 보고는 못마땅한 듯 슬쩍 미간을 찌푸렸다.

이어서 그녀는 세 장의 그림을 다시 돌돌 말아서 그림통에 집어넣었다.

그리고는 바닥에 펼쳐져 있는 대호도를 아까처럼 물끄러미 바라보았다.

'음?'

그런데 그녀의 표정이 가볍게 변했다. 그리고는 고개를 숙이고 더 가까이에서 자세히 그림을 들여다보았다.

조금 전에 봤을 때는 그림 속의 호랑이가 계류 가장자리를 어슬렁거리는 광경이었다.

그런데 지금은 계류 옆 울창한 숲에서 앞발을 쳐든 채 튀어나오고 있다.

건성으로 봤었기 때문에 자신이 잘못 봤을 것이라고 생각하던 수진랑은 갑자기 의아한 표정을 지었다.

"어?"

그녀의 시선이 호랑이의 앞쪽으로 향했다. 그곳에 한 사람이 호랑이에게서 도망치는 듯한 자세를 취하고 있었다. 하지만 뒷모습이기 때문에 얼굴은 보이지 않았다. 호랑이에게 쫓기는 사람이 그려 있다니 뭔가 이상했다.

그녀는 고개를 갸웃거렸다. 원래 이 그림에 사람이 있었는지 없었는지 기억이 나지 않았다.

하지만 그녀는 그림에서 시선을 거두었다. 그림이 어찌 됐든 상관없다.

지금은 용비가 문제다. 사우당의 친구들조차 그가 어디에 갔는지 모른다면 그거야말로 진짜 문제다.

그녀는 용비가 돌아올 때까지 사우당에서 기다릴 참이다. 그가 친구들에게 아무 말도 하지 않았다면 그리 멀리 가지는 않았을 것이라고 생각했다.

"후우… 이 녀석 정말 어디로 간 거야?"

그녀는 맥이 빠져서 길게 한숨을 내쉬며 무심한 눈길로 그림을 내려다보았다.

"아!"

순간 그녀는 깜짝 놀라 눈을 크게 떴다. 조금 전에는 그림 속의 호랑이가 숲에서 뛰어나오고 한 사람이 도망치는 뒷모습이었다.

그런데 지금은 호랑이가 계류 아래쪽에서 폭포 쪽으로 바람처럼 달려오고 있으며 호랑이 등에 한 사람이 타고 있는 광경이다.

그녀가 잘못 본 것이 아니다. 이 그림은 믿을 수 없게도 시시각각 변하고 있었다.

그런데 눈을 똑바로 뜨고 그림을 자세히 들여다보던 수진랑의 눈이 더욱 커졌다.

호랑이를 타고 있는 사람이 용비 같았기 때문이다. 거리가 멀어서 얼굴이 잘 보이지 않았지만 용비 같은 느낌이 물씬 풍겼다.

그림이 시시각각 변하고 있는 것도 신기한 일이지만, 그림 속에 용비가 그것도 호랑이를 타고 있는 모습은 더욱 신기하고 또 괴이했다.

무슨 생각을 했는지 수진랑은 천추문의 성명심법 중 하나인 창천무심공(蒼天無心功)을 운공했다.

잠시 후 그녀는 명경지수처럼 맑아진 정신과 수백 장 밖의 모기 눈알조차도 또렷하게 볼 수 있는 안력으로 그림 속에서 호랑이를 타고 있는 사람을 주시했다.

그리고 그녀는 마침내 호랑이를 타고 있는 사람이 용비라는 사실을 확인했다.

그런데 그뿐만이 아니다. 수진랑이 지켜보고 있는 동안 호랑이와 용비의 모습이 더 가까워졌다.

그들의 움직이는 동작이 보이는 것이 아니라, 움직인 직후의 모습이 보인 것이다.

그림 속의 용비는 천진난만한 얼굴로 환하게 웃고 있었다. 언제나 음침하고 으스스한 표정이던 그가 지금은 마치 세상을 다 가진 것 같은 만족스러운 웃음이었다. 수진랑은 그가 그렇게 웃는 모습을 본 적이 없었다.

마침내 호랑이와 용비의 모습이 최대로 커졌다. 그림의 삼 할가량을 차지할 정도여서 수진랑이 손을 뻗으면 용비를 만질 수도 있을 것 같았다.

슥.

그녀가 이끌리듯이 손을 내밀어 용비를 만지려고 하는데 갑자기 그림이 변해 버렸다.

소 옆에서 용비와 호랑이가 한 덩어리가 되어 격투를 벌이기 시작한 것이다.

방금 전까지만 해도 용비가 호랑이를 타고 세상을 다 가진 듯 즐거워하는 모습이었는데, 지금은 호랑이가 용비를 잡아먹으려 하고, 용비는 호랑이를 죽여서 가죽을 얻으려는 듯 한 치의 양보도 없이 맹렬하게 싸우고 있었다.

"도대체 이것은……."

수진랑은 뭐가 뭔지 전혀 이해할 수가 없었다. 그러나 한 가지만은 분명하게 알았다.

사라진 용비가 그림 속으로 들어갔다는 사실을.

　　　　　*　　　　　*　　　　　*

　사우당 지하 이층에서 용비가 홀연히 실종된 지 벌써 보름
이 지났다.

　용비의 실종으로 사우당은 완전히 초상집 분위기가 됐다.
신룡경천도법을 흑룡가인 반아미로부터 얻어내는 계획도 전
면 연기됐다.

　사우당 세 친구에게는 용비를 찾는 일이 무엇보다도 최우
선이기 때문이다.

　하지만 그들이 용비를 찾는 일은 결코 쉽지 않았다. 그가
어디에 갔는지 단서가 될 만한 것이 전무한 탓이다. 그래서
그들이 할 수 있는 일은 사우당에 가만히 앉아서 용비를 기다
리는 것뿐이었다.

　수진랑은 아무도 없는 지하 이층에 혼자 두 시진 가까이 앉
아 있더니 갑자기 천추문으로 돌아갔다. 그리고 그것을 이상
하게 생각한 사람은 아무도 없었다.

　　　　　*　　　　　*　　　　　*

　천추문 내 일대제자들의 거처인 동경은 다섯 채의 전각으

로 이루어졌다.

그중 유일한 단층이며 가장 작은 전각이 일대제자에 단 두 명뿐인 여자숙소다.

작은 전각이라고 해도 방과 편좌방, 거실 등을 모두 합치면 삼십여 개나 된다.

일대제자에 여자가 십여 명이 될 수도 있음을 기준으로 삼아서 지어졌기 때문이다.

오늘 하루일과를 마친 수진랑은 자신의 방 창가의 탁자 앞에 앉아서 대호도를 들여다보는 중이다.

그녀는 아직도 용비가 대호도 속으로 들어갔다는 사실을 굳게 믿고 있다.

그림 속에서 용비가 여러 동작을 취하고 있는 것을 똑똑히 봤기 때문이다.

하지만 그것을 사우당의 세 친구에게는 비밀로 했다. 이유는 모르겠지만 그래야 할 것 같았다.

또한 용비가 대호도 속으로 들어갔다는 사실을 확신한 이후에 그녀는 대호도를 둘둘 말아서 품속에 넣은 후 세 친구에게는 아무 말도 하지 않고 천추문으로 돌아왔다.

그날 이후 그녀는 하루 일과가 끝난 유시(저녁 6시) 이후부터 잠자리에 들 때까지 대호도를 펼쳐 놓고 세심하게 살피는 것이 일상이 되었다.

그녀는 보름 동안 대호도를 관찰한 결과 몇 가지 사실을 알
아내거나 짐작하게 되었다.

첫째, 용비는 대호도 속에서 그냥 뛰어다니는 것이 아니라
무공을 연마하고 있는 것이 분명했다.

그가 무공 연마를 하는 상대는 주로 대호였다. 수진랑은 제
대로 봤다. 용비가 대호하고 격렬하게 싸우는 모습은 사실은
무공을 연마하는 과정이었다.

대호의 체구는 용비보다 다섯 배 정도 더 컸다. 아니, 큰 정
도가 아니라 거대했다. 그런데도 대호는 용비의 공격에 단 한
차례도 당하지 않았다.

반면에 용비는 대호의 공격에 불쌍할 정도로 많이 당했다.

대호는 네발로 용비를 공격했다. 보통 호랑이는 앞발로 후
려치는 공격을 하거나 물어뜯는데 그림 속의 대호는 네발을
다 사용하는 것이 특이했다.

하지만 대호는 일체 발톱을 사용하지 않았으며 물어뜯지
도 않았다.

그런데도 대호의 앞발 공격에 크고 단단한 바위들이 마치
두부처럼 맥없이 박살 났다.

대호의 공격은 인정사정없었다. 용비는 대호의 앞발에 한
대 맞으면 가랑잎처럼 날아가 바위나 나무에 부딪히거나 소
나 계류에 빠졌다.

만약 대호가 발톱을 사용했다면 용비는 한 방에 온몸이 갈가리 찢어져서 즉사했을 것이다.

거대한 대호는 날아다니다시피 용비의 동서남북에서 번뜩이며 공격을 퍼부었다.

어떨 때는 그의 머리 위를 날아 넘으면서 뒷발로 뒤통수나 어깨를 후려쳤다. 그러면 그는 바닥에 패대기쳐져서 한동안 일어나지 못했다.

용비와 대호는 거의 하루 종일 싸웠다. 아니, 무공 연마를 했다. 그러면 주위가 쑥대밭으로 변했다. 소나 계류 가장자리에서 무공 연마를 하면 바위들이 남아나지 않았으며, 숲 속에서 하면 거대한 나무들이 지푸라기처럼 부러지거나 뽑혀서 날아갔다.

그러나 다음날이 되면 쑥대밭으로 변했던 곳들이 언제 그랬냐는 듯 말짱해졌다.

둘째, 용비는 어느 날부터인가 이상한 무기를 사용하기 시작했다.

그게 어디에서 갑자기 생겼는지는 모르지만, 그 무기는 순식간에 나타났다가 눈 깜짝할 사이에 사라졌다.

방금 먹물 속에서 건져낸 것처럼 새카만 칠흑 같은 무기인데, 어떤 형태라고 딱 잘라서 말할 수가 없다.

왜냐하면 어떨 때는 도가 되었다가 또 어떨 때는 검으로 변했다. 그런가 하면 봉이 되기도 하고, 몇 장 길이의 채찍이 되기도 했다.

그는 그 칠흑 같은 무기를 사용하면서도 한차례도 대호에 대한 공격을 성공시키지 못했다.

셋째, 용비의 실력은 하루가 다르게 일취월장했다. 처음에는 대호에게 무턱대고 얻어터지기만 했는데 날이 갈수록 맞는 횟수가 줄어들었다.

대호를 한 대도 때리지 못하는 것은 여전하지만, 움직임이 몹시 민첩해졌으며 어설펐던 동작들이 눈에 띄게 유연해지고 쾌속해졌다.

넷째, 이상한 일이지만 대호는 용비에게 무공을 가르치고 있었다. 즉, 대호가 사부 역할을 하고 있는 것이다.

용비와 대호는 거의 하루 종일 여기저기 장소를 옮겨가면서 무공 연마를 했다. 하지만 아주 드물게 휴식을 취하거나 장난을 치면서 놀기도 했다.

휴식을 취할 때는 엎드려 있는 대호에게 용비가 편안한 자세로 기대서 잠을 자기도 하고 서로 얼싸안은 채 쓰다듬고 핥아주면서 애정을 나누었다.

또한 용비가 대호를 타고 날아다니듯이 대호도 속을 누비는가 하면, 소나 계류에 뛰어들어 헤엄을 치면서 물장난을 칠 때도 있었다.

“수 언니, 계세요?”

“네.”

밖에서 누군가 부르는 소리에 수진랑은 그림에 빠져 있다가 엉겁결에 대답을 했다.

사르.

문이 열리고 한정이 들어섰다. 하루일과가 끝난 그녀는 하늘하늘한 선녀 같은 옷을 입고 긴 치마를 바닥에 끌면서 조심스러운 표정으로 수진랑을 바라보았다.

“주무시면 어떻게 하나 걱정했었어요. 잠이 오지 않아서 수 언니하고 담소나 나눌까 하고…….”

“아… 소문주.”

한정은 눈에 띌 정도로 수척한 모습이다. 용비가 홀연히 사라진 후 벌써 한 달이 다 돼가고 있다.

그동안 용비에 대한 걱정과 안타까움으로 마음고생이 심했던 한정은 식욕을 잃고 밤잠마저 설치더니 지금처럼 초췌한 모습이 되고 말았다.

“무슨 그림인가요?”

그녀는 앉아 있는 수진랑 옆으로 다가와 탁자에 펼쳐져 있는 대호도를 굽어보았다.

수진랑은 대호도에 정신이 팔려 있느라 한정이 들어서는

데도 미처 그림을 치우지 못했다.

하지만 이제 와서 한정에게 보여주지 않는 것도 그렇고, 또 사실 이제쯤 한정에게 용비에 대해서 말해줘야 하지 않을까 생각하고 있던 수진랑이었다.

그래서 순간적으로 수진랑은 한 가지 지혜를 짜냈다. 만약 한정이 대호도 속에서 용비를 발견하고 또 알아본다면, 그것이 말해주라는 하늘의 계시로 여길 것이라고 말이다.

하지만 그전에 선행되어야 할 일이 있다. 한정이 무엇 때문에 용비를 애타게 찾고 있는 것인지 먼저 설명을 해야 한다는 것이다.

그렇다고 해도 한정이 대호도 속의 용비를 찾아내고 또 알아보는 것은 쉬운 일이 아니다.

일단 실내에는 탁자에 놓여 있는 촛불 하나가 유일해서 밝지 않은 편이고, 마침 대호도 속의 용비는 계류 너머 저 멀리 산등성이 근처에서 대호와 함께 달리기를 하고 있는 중이라서 아주 작게 보인다.

아까부터 대호도를 보고 있던 수진랑이니까 용비가 어디에 있는지 알 수 있는 것이지, 그녀라고 해도 지금 막 그림을 들여다본다면 찾아내기 어려울 것이다.

또한 예전에 한정이 용비를 본 적이 있는지도 의문이다. 그녀가 용비를 본 적이 없다면 대호도에서 그를 찾아내는 것은 불가능한 일이다.

"아… 훌륭한 산수화로군요."

한정은 섬섬옥수로 탁자를 짚고 상체를 숙이면서 그림을 들여다보며 감탄했다.

그녀는 찬찬이 주의 깊게 그림을 살펴보았다. 그녀의 시선이 그림 속의 숲과 폭포, 계류 등을 하나씩 차근차근 훑었다.

그런데 그때 계류 너머 저 멀리 산등성이를 내달리던 용비가 갑자기 계류 쪽으로 빠르게 다가오고 있었다. 그가 달리는 것이 아니라 대호의 등에 탄 상태다.

그 광경은 마치 한정에게 자신의 존재를 알리려고 작정한 사람 같았다.

수진랑은 긴장하여 그림 속의 용비와 수진랑을 번갈아 쳐다보았다.

그때 한정의 눈이 조금 커지면서 빠르게 달려오고 있는 용비에게 시선이 고정되었다.

그녀가 용비를 발견했다. 이제부터는 그녀가 용비를 알아보느냐는 것이 관건이다.

"아……."

한정의 새빨간 입술이 약간 벌어지며 신음과도 같은 탄성이 흘러나왔다.

대호를 타고 달려오고 있는 용비의 모습은 뚝뚝 끊어지듯

이 이어지며 단숨에 계류를 뛰어넘더니 어느덧 소 옆에 이르
러서 멈췄다.

“용 공자……."

한정의 입에서 떨리는 중얼거림이 흘러나오자 수진랑은
이상하게도 가슴이 덜컥 내려앉았다.

수진랑의 예상을 뒤엎고 한정은 대호도 속의 용비를 너무
도 쉽게 알아보았다.

“이게… 어떻게 된 거죠?”

한정은 그림 속의 용비에게서 시선을 떼지 않은 채 물었다.
시선을 떼는 순간 그가 사라져 버릴 것 같기 때문이다.

“소문주.”

“말씀하세요.”

슥―

“나를 보십시오.”

“앗!”

한정이 그림에서 시선을 떼지 않자 수진랑은 그림을 한쪽
옆으로 매몰차게 밀어버렸다. 그러자 한정이 다급한 외침을
터뜨렸다.

“앉으십시오.”

한정은 놀라고도 안타까운 표정이었으나 수진랑이 엄숙할
정도로 진지한 표정인 것을 보고 그녀의 맞은편에 조심스럽

게 앉았다.

수진랑은 한정을 똑바로 주시하며 물었다.

"소문주께서 용비를 찾으려는 이유가 무엇입니까?"

그것은 한정과 한무군, 부친인 천추문주 한성림(翰星林) 세 사람만 알고 있는 내용이다.

천목산에서 한정을 공격하여 동행했던 무사 세 명을 죽이고 그녀를 제압했던 자들이 안휘성 흑월방 고수들이었기 때문에, 그 일에 대한 전말을 알아내기 전까지는 비밀을 지키라는 부친의 엄명이 있었다.

그러나 한정은 지금 이 상황에서는 수진랑에게만은 말해 줘야겠다고 생각했다.

수진랑은 용비의 친구라고 자처하고 있다. 그뿐만 아니라 그림 속에서 벌어지고 있는 이상하고도 신비한 일에 대해서 그녀에게 설명을 들어야 하기 때문이다.

"하아… 얘기할게요."

한정은 한시바삐 그림에 대해서 알고 싶었으나 자신의 설명이 선행돼야만 수진랑이 믿음을 가지고 얘기를 해줄 것이라는 생각이 들었다.

이윽고 한정은 이야기를 시작했다. 그렇다고 기억을 더듬을 필요도 없다.

천목산의 그 사건이 일어난 지 이제 겨우 한 달이 조금 지났을 뿐이다.

하루에도 수십 번씩 생각을 거듭했던 그날의 일을 잊을 리가 없는 것이다.

하지만 그때의 사건이 한정에게는 인생 자체가 걸려 있을 정도로 중요한 것에 비해서 이야기할 내용은 그리 많지 않았다.

게다가 자신이 괴한들에게 강간을 당할 뻔했던 일과 용비가 전라의 상태인 그녀를 치료해 주었다는 내용을 제외하자 이야기는 더 짧아졌다.

그렇지만 설명을 다 듣고 난 수진랑의 놀라움은 컸다. 한정의 태도를 보고 그녀가 용비를 나쁜 뜻으로 찾는 것이 아닐 것이라는 짐작 정도는 했다.

그런데 설마 용비가 그녀의 생명의 은인일 줄은 전혀 예상하지 못했다.

필경 용비도 그 사실을 모르기 때문에 숨어버렸을 것이다. 오해가 빚은 웃지 못할 상황이다.

"휴우……."

수진랑은 짧게 한숨을 토해내고 나서 실소를 머금었다. 용비처럼 냉정함과 싸늘함으로 똘똘 뭉친 놈이 한정의 목숨을 구해주고 치료를 해주었다는 사실이 좀처럼 상상이 가지 않았다.

한정은 두 손을 모으고 간절한 표정을 지으며 수진랑을 바라보았다.

"이제 말해주세요. 수 언니."

그러면서 그녀는 탁자 한쪽에 밀쳐져 있는 그림을 슬쩍 바라보았다.

그림과 용비가 깊은 연관이 있을 것이라고 짐작, 아니, 확신하기 때문이다.

늦여름 밤이 더욱 깊어지고 있었다.

"아……."

수진랑이 설명을 하는 동안 감탄과 탄성을 연발하던 한정은 그녀의 설명이 끝나자 또 긴 탄성을 토해냈다.

"내 말을 믿습니까?"

수진랑은 자기가 생각해도 얼토당토않은 얘기인 듯해서 쓴웃음을 지으며 물었다.

한정은 고개를 크게 끄덕였다.

"믿어요. 믿고말고요."

용비의 친구인 수진랑의 말을 한정은 전적으로 믿었다. 뿐만 아니라 그녀는 아까 그림 속에서 용비를 발견했으며, 그가 대호와 어울려서 이곳저곳에서 여러 동작을 취하는 것도 목격했다.

그러므로 그가 그림 속으로 들어갔다는 말을 어찌 믿지 않겠는가.

"지금으로선 용비가 언제 그림 밖으로 나올지 알 수가 없습니다. 기다리는 방법밖에는."

"보름 동안이나 그림을 지켜본 수 언니니까 저보다 잘 아시겠지요."

한정은 그림을 펼쳐서 조용히 들여다보았다. 그림 속에서 용비는 대호에게 기대서 휴식을 취하고 있었다.

"저······."

그녀는 수진랑을 바라보며 매우 어려운 말을 하려는 듯 조심스럽게 입을 열었다.

"말하십시오."

"이 그림 오늘 밤만 제가 가져가서 보면 안 될까요?"

"그러십시오."

수진랑은 대호도를 둘둘 말아서 내밀었다. 지난 보름 동안 아무 일도 없었는데 설마 하룻밤 새에 무슨 일이 있겠는가 싶었다.

한정은 대호도가 용비인 것처럼 가슴에 소중하게 품고서 설레는 표정을 지으며 방을 나갔다.

第十九章 만절사신도(萬絶四神圖)

한정은 대호도를 보면서 밤을 꼬박 새웠다.

전혀 지겹지 않았고 졸리지도 않았다. 오히려 용비를 볼 수 있어서 무척 좋았다.

직접 만나는 것은 아니지만 그림에서나마 그를 볼 수 있다는 사실에 감사했다.

그리고 그림 속에서의 용비와 대호의 행동을 보느라 재미있어서 시간 가는 줄 몰랐다.

천추문의 하루일과는 진시(아침 8시)에 시작한다. 그러므로 한정은 을시(아침 7시)에 대호도 보는 것을 멈추고 침실 옆에 있는 목욕실로 들어갔다.

간단하게 물을 끼얹었고 역시 간단한 치장을 한 후 부모님, 오빠 한무군과 함께 가족끼리의 아침식사를 하고는 오늘은 바쁜 일이 있어서 일과를 수행하지 못할 것 같다고 부모님께 말씀드릴 생각이다.

평상시 아침에는 하녀가 시중을 들지만 하녀에게 그림을 보이고 싶지 않아서 한정은 혼자 씻기로 했다.

그녀는 대충 씻고 나서 대호도를 한 번 더 살펴볼 생각으로 탁자에 그냥 펼쳐 두었다.

그런데 그녀가 목욕실로 들어간 지 열 호흡쯤 지났을 때 갑자기 방문이 소리없이 열리고 한 명의 무사가 실내로 민첩하게 들어섰다.

스으.

그녀가 목욕실 안에서 옷을 벗는 시간까지 계산해서 실내에 들어왔다는 것은, 무사가 그녀의 일거수일투족을 감시하고 있었다는 뜻이다.

그는 천추문 무사의 복장을 하고 어깨에는 검을 메고 있었다. 더구나 문주 일족이 거주하는 이곳 중경의 중경 무사들이 입는 황의경장 차림이다.

하지만 그는 턱이 뾰족하고 눈매가 날카로운 사십대 중반의 나이였다.

중경 무사 중에서 가장 나이가 많은 사람은 무사장(武士長)으로 삼십사 세다.

그리고 중경 무사들의 평균 연령은 이십사 세다. 그러므로 지금 들어선 자는 중경 무사가 아니다.

그는 필경 중경 무사 한 명을 제압하여 그의 옷으로 갈아입은 것이 분명했다.

그는 날카로운 눈빛으로 실내를 빠르게 둘러보다가 탁자에 펼쳐져 있는 대호도에 시선이 멈추었다. 순간 그의 눈에서 희끗한 기광이 번뜩였다. 그리고 눈 속에서 탐욕과 흥분이 일렁거렸다.

슥.

그는 탁자를 향해 걸음을 내디뎠다. 그런데 한 걸음에 미끄러지듯이 탁자 앞에 이르렀다. 아니, 손은 벌써 대호도를 집어 들고 있었다.

"흐흐. 전설의 만절사신도(萬絶四神圖)를 내 손에 넣게 될 줄이야."

그는 너무 흥분한 나머지 나직이 중얼거리다가 자신의 목소리에 움찔 놀라 급히 목욕실을 쳐다보았다. 그러나 목욕실 안에서는 물 뿌리는 소리만 들려올 뿐이다.

사실 그는 건곤풍이다. 죽은 광폭도와 함께 항주에 파견된 절대십천의 인물이다.

그는 여태까지 용비와 광폭도의 흔적을 찾으려고 항주 성내를 백방으로 뒤지고 다녔지만 뜻을 이루지 못했다.

단지 천추문이 대대적으로 용비를 찾고 있다는 사실 정도만 알아냈을 뿐이다.

그런데 보름쯤 전에 우연히 용비네 집 미령루에 들어가는 한정과 수진랑을 목격했다.

그는 한정이 천추문 소문주이며 용비를 찾기 위해서 애쓰고 있다는 사실을 알고 있었다.

그래서 혹시 무언가 건지게 될지도 모른다는 생각에 그때부터 두 소녀를 미행했다.

이후 두 소녀는 개방 항주 분타주를 만나 허탕을 쳤으며, 돌아오는 관도상에서 우연히 소선개와 마주쳤다.

건곤풍은 수진랑이 소선개를 협박하는 광경을 멀지 않은 곳에 숨어서 똑똑히 목격했다.

그때 건곤풍은 소선개가 용비에 대해서 뭔가를 알고 있는 듯한 낌새를 알아차렸다.

소선개가 아직 경험이 부족한 한정과 수진랑을 속이는 것은 어렵지 않았으나, 노련한 건곤풍은 그의 잔꾀를 한눈에 간파했다.

그래서 건곤풍은 두 소녀를 포기하고 그때부터는 소선개를 미행했다.

그런데 아니나 다를까 잠시 후에 소선개는 어디론가 급히 향하더니 서호 변의 항주제일루인 화봉각의 담을 넘는 것이 아닌가.

건곤풍은 화봉각을 평범한 기루 정도로 생각하고 소선개를 뒤쫓아 담을 넘었다.

그런데 전혀 예상하지 못했던 일이 벌어졌다. 그는 채 열 걸음을 떼어놓기도 전에 몇 쌍의 눈동자가 자신을 주시하고 있는 것을 감지한 것이다.

그가 움직이면 암중의 눈동자들도 움직였고, 그가 멈추면 눈동자들도 멈추었다.

일류 중에서도 상급에 속하는 무공을 지녔으면서도 그는 등골이 오싹했다. 그리고 이곳에 있다가는 낭패를 당할 것이라는 예감이 들었다.

결국 그는 소선개를 놓쳤을 뿐만 아니라 전력을 다해서 화봉각에서 탈출할 수밖에 없었다.

평범한 기루인 줄만 알았는데 사실은 용담호혈(龍潭虎穴)이라는 것을 뒤늦게 깨달았다. 불이 뜨겁다는 것을 만져보고 나서야 안 것이다.

그런데 그게 끝이 아니었다. 화봉각에서 탈출한 건곤풍의 뒤를 추격하는 일단의 무리가 있었다. 약 십여 명이었는데 그들은 필경 화봉각 안에서 그를 주시하던 눈동자의 주인들이 분명했다.

그들 십여 명의 경공은 놀라운 수준이었다. 경공으로 미루어봤을 때, 만약 건곤풍이 그들에게 합공을 당한다면 무사할 확률은 거의 없을 듯했다.

어째서 화봉각 같은 일개 기루에 저런 고수들이 있는 것인지 모를 일이다. 저들은 일개 무사가 아닌 일류고수들이 분명했다.

화봉각이 뭔가 구린 구석이 있을 것이라는 짐작이 들었으나 지금은 그게 문제가 아니다.

건곤풍은 전력을 다해 경공을 펼쳐서야 겨우 화봉각의 추격자들을 떨쳐 낼 수 있었다.

하지만 소선개를 찾으러 화봉각에 다시 잠입할 엄두가 나지 않았다.

그래서 화봉각에서 멀리 떨어진 곳에 숨어서 소선개가 나오기를 기다렸으나 다음날 동이 틀 때까지도 소선개는 나타나지 않았다. 밤새 고생만 하고 헛물을 켠 것이다.

그도 그럴 것이, 소선개는 사우당에서 용비와 일대일 대결을 벌이고 뻗어버렸으며, 이후에는 치료를 받고 깨어나 용비의 밀명을 지닌 채 지하통로를 통해서 감쪽같이 빠져나갔기 때문이다.

머칠 후에 건곤풍은 항주 성내에서 소선개를 발견했으나

그를 어떻게 하지는 못했다.

화봉각에 용비가 숨어 있느냐고 소선개에게 대놓고 물어볼 수도 없는 노릇이다.

그렇다고 제압해서 고문을 했다가는 괜히 벌집을 쑤셔놓는 꼴이 되고 만다.

소선개를 고문한 후에 죽여서 흔적을 없앤다면 개방 항주 분타가 절대로 수수방관하지는 않을 터이다.

그야말로 벼룩 한 마리 잡으려고 집을 홀라당 태우는 우를 범하게 되는 것이다.

천추문의 한정이나 수진랑은 드러나 있는 존재들이니까 대놓고 소선개를 닦달할 수 있어도, 밀명을 띠고 항주에 파견되어 행동하는 건곤풍은 그럴 수가 없다.

그래도 마지막에 가서 정 안 되면 소선개를 제압해서 족치는 방법밖에는 없을 것이라고 생각했다. 하지만 지금은 시기가 아니다.

어쨌든 건곤풍은 화봉각에 용비가 숨어 있을 가능성이 있다고 생각했다.

또한 소선개와 천추문의 수진랑, 한정, 이 세 사람이 용비하고 어떤 연관이 있을 듯한 느낌을 받았다.

그래서 그는 어젯밤에 천추문에 잠입하여 수진랑을 살피던 중에 우연히 대호도, 아니, 만절사신도 중 한 장을 발견하게 된 것이다.

어이없는 일이지만, 건곤풍은 화봉각에 잠입했다가 채 열 걸음도 걷지 못하고 도망쳤으나 천추문에서는 무인지경으로 돌아다닐 수가 있었다.

이곳의 무사들은 그저 평범한 수준이고, 제자들은 자기 일에만 열중하기 때문이다.

‘흐흐흐. 진품이 틀림없을 것이다.’

건곤풍은 대호도를 들어 올려 자세히 살펴보면서 득의만면한 웃음을 짓느라 입이 귀에 걸렸다.

그림에는 폭포 꼭대기 옆에 집채만 한 크기의 대호가 우뚝 서 있고 대호의 등에 한 사람이 타고 있는 모습이 있었다. 그러나 건곤풍은 대호에 타고 있는 사람을 눈여겨보지는 않았다.

‘으흐흐. 그렇군. 이것은 만절사신도 중에 호신도(虎神圖)가 분명하다.’

그런데 그림을 보던 건곤풍은 가볍게 미간을 찌푸렸다.

‘방금 전에는 사람이 대호 등에 타고 있었던 것 같았는데? 잘못 봤나?’

지금 그림에는 폭포 꼭대기 옆에 대호가 우뚝 서 있는 모습은 변함이 없는데, 대호 등에 앉아 있던 사람이 폭포 아래를 향해 몸을 날리고 있는 광경이다.

“어?”

건곤풍은 눈을 조금 크게 뜨고 의아한 표정을 지었다. 방금 전에 사람이 폭포 아래로 뛰어내리는 자세였는데, 지금은 방향을 틀어서 정면 그러니까 건곤풍을 향해서 똑바로 날아오고 있는 모습이 아닌가.

“이게 도대체…….”

슥.

뭔가 어렴풋이 불길함을 느낀 건곤풍은 대호도, 아니, 호신도를 탁자에 내려놓으며 부지중 주춤주춤 뒤로 물러났다.

슈와아—

그 순간 무엇인가 푸른 빛줄기 같은 것이 그림 밖으로 뿜어져 나왔다.

“억?”

그리고 그 푸른 빛줄기는 움찔 놀라고 있는 건곤풍의 얼굴 한가운데에 꽂혔다. 아니, 관통해 버렸다.

퍽! 꽝!

푸른 빛줄기는 건곤풍의 얼굴에 주먹 크기의 구멍을 뚫고 뒤로 빠져나가 벽에 적중됐다.

우르르.

방 전체가 무너질 듯이 심하게 흔들렸다.

그리고 건곤풍 앞쪽 허공에 방금 호신도에서 튀어나온 용

비가 오른 주먹을 뻗은 자세로, 그리고 다부진 표정을 지으며
떠 있었다.

척!

용비는 탁자 위에 우뚝 내려섰고, 그의 발 사이에 호신도가
놓여 있었다.

건곤풍은 즉사했다. 하지만 뒤로 물러서던 자세 그대로 우
두커니 서 있었다.

몸에 뭔가가 적중되면 뒤로 튕겨지는 게 당연하지만, 푸른
빛줄기가 워낙 빠른 속도로 얼굴을 관통하는 바람에 아무런
충격도 받지 않은 것이다.

방금 용비가 오른 주먹을 통해서 뿜어낸 것은 사공의 청룡
공이다.

주먹이 건곤풍의 얼굴에 닿지 않은 상태에서 주먹에서 발
출된 기운, 즉 청룡공기(靑龍功氣)가 건곤풍의 얼굴을 예리한
둥근 칼날처럼 도려내 버린 것이다.

사르르.

"거기 누구……?"

그때 목욕실 문이 살며시 열리더니 옷을 전혀 입지 않은 몸
에서 물을 뚝뚝 흘리면서 한정이 조심스럽게 밖으로 나오며
살펴보았다.

"아……."

그러다가 그녀는 탁자 위에 우뚝 서 있는 용비를 발견하고 그 자리에서 굳어버렸다.

너무 경악한 나머지 그녀는 자신이 나신이라는 사실도 잊었고, 용비 앞에 얼굴이 뻥 뚫린 낯선 인물이 서 있다는 사실마저도 눈에 들어오지 않았다.

그리고는 두 손을 늘어뜨린 채 망연자실 용비를 바라보고만 있었다.

척!

용비는 가볍게 표정이 변하여 바닥으로 내려섰다.

"그대는?"

"정말… 용비, 용 공자님이신가요?"

한정이 가늘게 떨리는 목소리로 물으면서 주춤주춤 용비에게 가까이 다가왔다.

희고 풍만한 수밀도 같은 한 쌍의 젖가슴이 걸을 때마다 파도처럼 출렁였다.

"그렇소."

용비는 한눈에 한정이 천목산에서 자신이 구해준 소녀라는 것을 알아보았다.

"어떻게 그대가 이곳에……."

여기가 어디인지 모르는 용비는 의아한 표정을 지었다.

용비 앞 한 걸음까지 다가온 한정은 눈물이 샘물처럼 솟구

치며 그를 올려다보았다. 그녀는 지금 이것이 꿈이 아니기를 간절히 빌었다.

"으앙—!"

순간 그녀는 용비의 품으로 뛰어들어 안기면서 어린아이처럼 울음을 터뜨렸다.

"어……."

언제나 진중하고 또 차가운 피를 지닌 냉혈한 용비지만 이런 상황은 처음이라 적잖이 당황해서 어떻게 해야 할지를 몰랐다.

왈칵!

"소문주!"

"무슨 일입니까? 소문주!"

그때 문이 왈칵 열리면서 몇 명의 무사들과 하녀들이 한꺼번에 들이닥치며 소리쳤다.

그들은 조금 전에 청룡공기가 벽에 적중된 둔중한 소리를 듣고 놀라서 달려온 것이다.

몰려 들어온 사람들은 용비에게 안겨서 그의 허리를 두 팔로 꼭 안고 있는 눈부신 나신의 한정을 발견하고 크게 놀라 일제히 멈춰 섰다.

"앗!"

한정은 화들짝 놀라서 급히 용비 뒤에 몸을 감추며 뾰족하게 외쳤다.

"모두 나가요! 어서!"

무사들과 하녀들은 실내에 벌어져 있는 상황을 보고 경악하는 표정을 지었다.

전라의 소문주가 낯선 소년의 품에 안겨 있으며, 또 다른 낯선 인물이 얼굴 전체가 뻥 뚫린 채 서 있는 모습을 발견했으니 오죽하겠는가.

하지만 나가라고 명령을 하는 사람은 하늘같은 소문주라서 경악을 삼키며 물러났다.

한정은 뒤늦게 자신이 아무것도 입지 않은 전라의 몸이라는 사실을 깨달았으나 이상하게도 용비에게는 크게 부끄럽다는 생각이 들지 않았다.

아마도 그가 예전에 자신의 나신을 봤었고 또 은밀한 부위까지 치료를 했기 때문일 것이다.

그래서 한정은 용비를 딱 한 번 봤지만 부모나 오빠보다도 더 친밀감을 느꼈다.

그것은 낯선 한 쌍의 남녀가 어떤 이유로든 하룻밤 동침을 하고 나면 어느 누구보다도 가까운 사이가 되는 이치와 비슷했다.

그렇다고 해서 한정이 어찌 조금도 부끄럼을 느끼지 않을 수 있겠는가.

하지만 그녀가 느끼는 부끄러움은 마치 갓 혼인한 어린 신부가 남편에게 품고 있는 그런 종류일 것이다.

그녀는 용비 뒤에 숨은 채 두 팔로 그의 허리를 꼭 끌어안고 널찍한 등에 뺨을 묻었다.

"아… 당신을 만나다니 이것이 꿈일까 봐 두려워요."

어떻게 해서 용비가 그녀의 방에 나타난 것인지는 지금은 궁금하지 않다.

그가 지금 이곳에 있으며, 자신이 꼭 안고 있다는 사실이 그녀에겐 가장 중요했다.

하지만 문제는 용비의 마음이 그녀 같지 않다는 사실이다. 그는 그저 덤덤할 뿐이다.

"이것 보시오."

용비는 자신의 허리를 안고 있는 한정의 팔을 풀고 몸을 돌려 그녀와 마주 섰다.

하지만 다음 말을 이을 수가 없었다. 그녀의 눈부시고도 농염한 나신이 바로 코앞에 있기 때문에, 그리고 바로 턱 아래에서 그녀가 가쁜 숨을 몰아쉴 때마다 눈처럼 희고 탐스러운 젖가슴이 오르락거리고 있기 때문에 눈을 어디에 둬야 할지 몰랐다.

"흠! 어… 서 옷부터 입으시오."

"아……."

한정은 깜짝 놀라 자신의 몸을 내려다보며 얼굴을 노을처럼 붉혔다. 하지만 가리지는 않았다. 어째서 이토록 용감해진 것인지 모를 일이다.

"이리 오세요."

그녀는 용비의 손을 잡고 목욕실 안으로 이끌었다. 자기가 옷을 입고 있는 동안에 그가 사라져 버릴까 봐 두렵기 때문이다.

목욕실 안까지 끌려 들어온 용비는 그녀가 속곳부터 하나씩 차근차근 입는 것을 보고는 고개를 돌려 버렸다.

그러다가 문득 자신의 옷을 보게 되었다. 아니, 그것은 더 이상 옷이 아니라 헝겊 쪼가리라고 할 수 있을 정도다. 상의와 하의 할 것 없이 해어지고 찢어져서 바람만 조금 세게 불어도 스러져 버릴 것만 같았다.

그럴 만도 하다. 그림 속에서 대호와 함께 그렇게 싸우고 달리며 나뒹굴었으니 옷이 아직 몸에 붙어 있는 것이 다행일 정도다.

"다 됐어요."

한정은 일과를 위해서 경장을 입어야 하지만 아까 입고 있던 옷과 치마를 입고 방그레 미소 지었다. 오늘은 일과를 할 생각이 조금도 없다.

하루 종일 용비와 지낼 생각을 하니까 벌써부터 가슴이 부풀고 콩닥거렸다.

두 사람은 다시 목욕실 밖으로 나왔다. 용비는 우선 탁자 위에 펼쳐져 있는 호신도를 말아서 품속에 갈무리했다.

한정은 그걸 보면서 그림에 대해서 묻고 싶었으나 지금은 시기가 이르다고 생각했다.

지금 당장은 그것 말고도 할 것이, 그리고 할 말이 태산보다 더 많기 때문이다.

그런데 그녀보다 용비가 먼저 물었다.

"내 이름을 어떻게 알았소?"

한정은 두 손을 앞으로 모으고 그에게 바싹 다가들면서 콧등을 찡긋거리며 미소 지었다.

그 모습이 너무 귀엽고 아름다워서 용비는 잠시 지금 상황을 잊어버릴 뻔했다.

"소녀는 용 공자 집에도 갔는 걸요? 그곳에서 어머님도 뵙고 얘기도 많이 나누었어요. 용 공자 어렸을 때하고 성장할 때의 얘기 같은 것."

"어머니를?"

"네. 용 공자가 갑자기 사라졌기 때문에 어머니께서 몹시 상심하셨어요. 거의 식음을 전폐하신 채 매일 우시기만 하셔서… 그래서 소녀는 수 언니하고 가끔 어머니를 찾아뵙고 위로해 드렸어요."

"어머니가 식음을 전폐했다고?"

상상이 되지 않았다. 용비가 자라면서 어머니에게 가장 많이 들었던 말은 '나가 뒈져라' 든가 '너 같은 놈은 태어나지 말았어야 했어' 등 원한이 가득 담긴 저주뿐이었다. 그런데 그런 어머니가 용비를 걱정하여 식음을 전폐하다니 이것은 남의 이야기 같았다.

"그런데 그대가 왜 우리 집에 간 것이오?"

용비의 물음에 한정은 이제 본론을 이야기할 때가 됐다고 생각했다.

그때 문밖에서 사내의 목소리가 들렸다.

"소문주, 문주께서 오셨습니다!"

용비는 움찔했다.

"문주라니, 누구요?"

한정은 방그레 미소 지었다.

"당연히 천추문주지요. 그리고 소녀의……."

휘익! 퍽!

순간 용비는 한정의 다음 말을 듣기도 전에 벼락같이 몸을 날려 창을 박살 내며 밖으로 쏘아나갔다.

"용 공자!"

한정은 소스라치게 놀라서 찢어질 듯이 외치며 부서진 창 밖으로 몸을 날렸다.

그러나 창밖 정원에는 오가는 하녀와 지키고 서 있는 무사뿐 용비의 모습은 보이지 않았다.

"아아……."

한정은 머릿속이 새하얗게 탈색되는 것을 느꼈다. 딛고 선 땅이 한없이 아래로 꺼지면서 지옥으로 떨어지는 것 같기도 했다.

그렇다. 용비가 없는 세상은 그녀에게는 지옥이나 다를 바가 없었다. 그녀는 방금까지 천당에 있다가 졸지에 지옥으로 떨어지고 있었다.

"어, 어디로 갔나요?"

"저기……."

한정이 가까운 곳의 무사에게 다급히 묻자 무사는 맞은편 지붕을 가리키며 더듬거렸다. 갑자기 창이 박살 나며 한 인영이 쏘아 나와 지붕으로 순식간에 사라지는 것을 보고는 무사도 얼이 빠진 것이다.

휙!

한정은 무사가 가리킨 지붕 위로 솟구쳐 올랐다. 지붕에 내려서기도 전에 재빨리 주위를 둘러보았다.

"아!"

한쪽 방향에 용비가 지붕 위를 달리는 모습이 보였다. 그런데 거리가 이십여 장이나 됐다. 잠깐 사이에 저렇게 멀리 달아난 것이다. 또한 그녀가 보고 있는 사이에 점점 더 빠르게 멀어지고 있었다.

"안 돼요! 가지 말아요!"

그녀는 죽을힘을 다해서 용비를 따라가면서 피눈물을 흘리듯 절규했다.

그때 천추문주 한성림과 한무군이 지붕 위로 몸을 날려 한정의 뒤를 쫓으면서 무사들과 제자들에게 용비가 천추문을 빠져나가지 못하도록 명령을 내렸다.

한정은 그렇게 죽을힘을 다해서 뒤쫓아가고 있는데도 용비의 모습은 점점 더 멀어져만 갔다.

한정은 숨을 쉬기가 어려웠다. 이대로 숨이 멈춰 버리고 심장박동도 정지할 것만 같았다.

"가지 말아요! 당신이 없으면 난 죽어요!"

그녀가 피를 토하듯이 외치고 있을 때 용비의 모습이 시야에서 사라졌다.

"아아……."

퍽!

온몸의 맥이 풀려 버린 한정은 지붕에서 나뒹굴었다가 땅으로 굴러 떨어졌다.

"정아!"

천추문주 한성림과 오빠 한무군이 급히 달려와 그녀를 부축해 일으켰다.

"정아! 무슨 일이냐? 괜찮으냐?"

한정의 안색은 핏기 한 점 없이 창백했다. 더구나 호흡도 느끼지 못할 정도로 미약했다.

한성림은 조급한 나머지 그 자리에서 한정의 손목을 잡고 진기를 주입시켰다.

잠시 후에 한정의 해쓱한 얼굴에 약간 홍조가 돌더니 정신을 차리고 눈을 떴다.

"아… 용 공자……."

한성림과 한무군은 조금 전에 이곳으로 달려오다가 한정이 용비를 부르면서 울부짖는 소리를 들었다.

"용비가 왔었느냐? 그런데 그 아이는 왜 갔느냐?"

한성림의 물음에 한정은 눈물이 그렁그렁한 눈으로 그를 바라보다가 갑자기 두 손으로 얼굴을 가리고 왁 하고 울음을 터뜨렸다.

"으흐흐흑! 아버님 때문에 그가 가버렸어요!"

조금 전 한정의 방에서 문밖에 천추문주가 왔다는 것을 알게 된 용비가 막무가내로 창을 부수고 도망쳤기 때문이다.

용비는 천추문을 나와서 거리를 달리고 있었다.

천추문은 항주 성내에서 약간 외곽에 위치해 있기 때문에 이른 아침에는 거리가 텅 비어 있었다.

그런데 용비의 달리는 속도는 대단했다. 아니, 굉장했다. 예전에 그가 전력으로 달리는 속도에 비해 최소한 열 배 이상은 빨라진 것 같았다.

호신도 속에서 대신(大神)하고 온 산야를 달리고 뛰어 오르다 보니까 어느새 이렇게 빨라졌다.

'대신'은 호신도 속에 있는 거대한 호랑이에게 용비가 붙여준 이름이다.

대신은 사람보다 훨씬 영리한 영물이다. 또한 용비와 대신은 서로 영적으로 교감을 나누었다.

사람과 짐승의 관계지만 둘은 서로의 생각을 읽는 데 전혀 어려움이 없었다.

그림 속에서, 용비에게 대신은 스승이자 친구이며 보호자였다. 그는 대신에게 정말 많은 것을 배웠다. 현실에서는 꿈도 꾸지 못했던 것들이다.

대신하고의 모든 것들이 무공 연마였다. 심지어 쉬고 있을 때에도 용비는 대신으로부터 사공을 증진시키고 또 원활하게 전개하는 방법을 교감으로 배웠다.

대신이 어떻게 그런 것을 알고 있으며 또 가르칠 수 있는지에 대해서는 추호도 의심하지 않았다. 그림 속에 있는 동안 둘은 하나였다.

용비는 거리를 달리는 중에 문득 한 가지 사실을 깨닫고 마음속으로 크게 놀랐다.

그림 속에서 배웠던 것들이 현실 세계에서는 예상했던 것보다 더 큰 위력을 발휘한다는 사실이다.

그림 속에서는 대신하고만 상대를 했기 때문에 자기가 얼마나 강해졌는지 알 수 있는 방법이 없었다.

더구나 그가 아무리 강해져도 대신의 털 하나조차 건드리지 못했다.

그런데 그는 그림 밖으로 튀어나오는 순간 건곤풍을 한 주먹에, 아니, 주먹에서 발출한 청룡공기로 즉사시켜 버렸다.

그림 속에서 대신과 무공 연마를 할 때에는 공기(功氣)를 발출하지 못했다. 그래서 주먹으로 건곤풍의 얼굴을 적중시키려고 했는데 현실 세계에서는 공기, 즉 청룡공기가 무서운 기세로 발출되었다.

그가 건곤풍을 죽인 이유는 간단하다. 호신도를 탈취하려고 했기 때문이다.

그자는 호신도를 손에 쥐고 탐욕으로 일그러진 얼굴로 '전설의 만절사신도(萬絶四神圖)'라고 말했다. 용비는 그때 막 그림 밖으로 나오려고 했기 때문에 그자의 말을 똑똑히 들을 수 있었다.

지금 용비가 달리고 있는 속도 역시 그림 속에서보다 두 배 이상 빠르다.

그의 달리기는 무림의 일반적인 경공술 같은 것이 아니다. 대신이 가르쳐 준 호랑이의 움직임이다.

달리는 것은 호주(虎走), 뛰어 오르는 것은 호약(虎躍), 날아 오르는 것은 호비(虎飛) 식이다.

지금 용비가 달리는 주법은 호주다. 달리는 모습이 호랑이가 달리는 모습을 닮았다. 대신은 한 걸음에 오륙 장 이상 축지법을 쓰듯이 달렸다.

하지만 용비는 아직 미숙하여 한 걸음에 일 장 반을 도약하면서 달리고 있다. 그것만으로도 대단한 거리이고 또한 속력이었다.

'고맙다. 대신.'

대신과 헤어진 지 채 반 시진도 지나지 않았는데 벌써 보고 싶어졌다.

'아! 그런데……?'

그때 문득 어떤 생각이 번쩍 떠올랐다. 조금 전에 한정의 방에서 그녀가 전라의 몸으로 안겼을 때 무사들과 하녀들이 그녀에게 '소문주' 라고 불렀다는 사실을 이제야 기억해 낸 것이다.

'소문주? 그렇다면 그녀가?

용비가 그녀의 방 창을 부수고 도망친 이유는 천추문주가 문밖에 왔다는 말을 들은 직후였다. 그렇다면 그는 자신의 딸을 만나러 온 것이다.

용비는 새로운 사실을 깨닫고 달리는 속도를 줄이다가 이윽고 천천히 걷기 시작했다.

'그렇다는 것은 천추문이 나를 찾는 이유가 혹시 내가 그녀를 구해주었기 때문인가?'

그럴 가능성이 컸다. 한정이 용비를 다시 만났을 때 그녀는 울음을 터뜨리면서 매우 기뻐했다. 그러나 죽은 광폭도에 대해서는 한마디도 하지 않았다. 그녀는 광폭도에 대해서 모르고 있는 것 같았다.

천추문이 용비를 찾고 있는 것은 은혜를 갚으려는 것이지 해를 끼치려는 것이 아니었다. 몇 번을 곰곰이 생각해 봐도 그게 틀림없을 듯했다.

피식.

용비의 입술 사이로 실소가 흘러나왔다. 그것도 모르고 그동안 도망치고 숨어 다니면서 온갖 파란을 겪은 것을 생각하면 어이가 없었다.

그렇다고 해서 지금 그는 사람들이 많은 곳에 버젓이 다니고 싶은 생각은 없다.

천추문이 좋은 의도로 용비를 찾고 있다고 해도 그를 찾고 있는 자들의 눈에 띄어서 좋을 게 없다.

그는 천추문주를 만나서 떠들썩하게 인사나 환대를 받는 것은 내키지 않았다.

누굴 구해주고 거기에 대한 보답을 받는 것은 익숙하지도 않고 성미에도 맞지 않는다.

그가 지금 원하는 것은 자신을 건드리지 말고 그냥 가만히 내버려 두는 것뿐이다.

천목산에서 구해준 소녀가 천추문 소문주일 줄이야 꿈에서조차 상상하지 못했다.

하지만 그 당시에 그녀의 신분을 알았다고 해도 구해주기는 했을 것이다.

그때는 그가 좋아서 또 자진해서 구해주었다기보다는 구해줄 수밖에 없었다. 어쩌다 보니까 그런 상황에 휩쓸려 버렸다고 해야 옳다.

어쨌든 천추문이 소문주의 은혜를 갚으려는 의도로 용비를 찾겠다면서 항주 성내를 발칵 뒤집어놓은 것은 마음에 들지 않았다.

그래서 용비를 비롯한 여러 사람이 생고생을 했다. 특히 어머니가 여러모로 고생이 많았을 것이다.

지금은 제일 먼저 집에 가서 어머니를 만나고, 그다음에는 사우당에 가서 사부가 남긴 그림통의 나머지 세 개의 그림,

즉 만절사신도를 보고 싶었다.

 하지만 집에는 가지 못할 것 같다. 소선개의 말에 의하면 그곳에는 천추문 무사들이 지키고 있다.

第二十章 사우당 보강

진시(오전 8시)가 못 돼서 용비는 화봉각 사우당에 도착했다. 항주 반대편에 있는 천추문에서 이곳까지 오는데 이각 남짓 걸렸을 뿐이다.

그는 서호 변의 지하통로를 통해서 사우당 지하 이층 아래에 설치되어 있는 석문 앞에 이르렀다.

석문은 밖에서도 열 수 있게 되어 있다. 그러나 그것을 알고 있는 사람은 사우당의 네 사람뿐이다.

이윽고 그는 지하 이층에 올라가 두리번거리다가 한쪽 구석에 그림통이 세워져 있는 것을 발견했다.

전설의 만절사신도 중에 세 장이 들어 있는 그림통이 이곳에 있는데도 아무도 거들떠보지 않았다.

물론 용비는 자신이 천추문 한정의 방에서 죽인 자가 절대 십천의 건곤풍이라는 사실을 모른다.

하지만 그가 호신도를 보면서 '전설의 만절사신도'라고 중얼거리는 말을 들었다.

과연 그의 말은 맞는 것 같았다. 만절사신도는 '전설'이라고 부를 만한 대단한 것이 분명했다.

소선개는 이곳을 통해서 다람쥐 제집 드나들 듯이 오가면서도, 막막은 청소를 하느라 자주 들락거리면서도, 현도는 혹시 용비가 돌아왔나 싶어서 이따금 이곳에 들르면서도 아무도 그림통을 건드리지 않았다. 만절사신도가 이곳에서는 무용지물이었다.

용비는 그림통에서 세 장의 그림을 꺼내서 바닥에 나란히 늘어놓았다. 지금은 친구들을 만나는 것보다 그림을 보는 것이 더 급했다.

거친 폭풍우가 몰아치는 바다에 천룡이 승천하는 그림과 붉게 노을이 물든 광활한 들판의 하늘을 날고 있는 주작, 그리고 보는 것만으로도 섬뜩한 지옥도였다.

그는 예전에 이 그림들을 가끔 꺼내서 살펴보았으나 그때는 단지 사부를 그리워하는 마음만을 느꼈을 뿐이다.

하지만 지금은 세 장의 그림 속으로 차례로 들어가서 천룡과 주작을 만나고, 또 지옥에 가볼 생각을 하니까 가슴이 뜨거워지고 기대가 하늘을 찌르는 것 같았다.

그는 호신도도 보고 있다가 어느 순간 갑자기 그 속으로 빨려 들어갔다.

하지만 대신을 만난 후에 어떻게 된 일인지 알게 되었다. 대신이 그림 속으로 들어가고 또 나가는 방법을 교감으로 가르쳐 주었기 때문이다.

그때 용비는 지하 일층에서 이층으로 향하는 계단을 누군가 내려오는 기척을 감지했다.

이것 역시 예전에는 없었던 능력이다. 하지만 지금은 발걸음 소리로 체중을 헤아려서 누군지 식별할 수 있고, 숨소리로 그 사람의 심리상태를 짐작할 수 있다.

그것에 의하면 지금 내려오고 있는 사람은 사우당의 하녀 막막이 분명하다.

그가 그림들을 그림통에 담고 그것을 손에 쥐고 일어났을 때 문이 열리며 막막이 들어섰다.

"아!"

용비를 발견하고 온몸이 굳어버린 그녀는 마치 귀신을 본 것 같은 얼굴로 그를 쳐다보다가 갑자기 몸을 돌려 계단 위로 달려 올라가며 비명처럼 외쳤다.

“도, 돌아왔어요! 당주님이 왔어요!”

“보름밖에 지나지 않았다고?”

용비는 조금 어이없다는 표정으로 중얼거렸다.

사우당 지하 일층에는 용비와 현도, 낙혼, 요조 네 사람이
탁자에 둘러앉아 있다.

용비는 자신이 보름 동안 실종됐다는 말을 방금 현도에게
듣고 적잖이 놀랐다.

사실 그는 그림 속에서 다섯 달 그러니까 백오십여 일 정도
머물렀다고 짐작했다.

그곳에서 정확한 날짜는 계산하지 않았으나 대략 그 정도
세월이 흘렀을 것이라고 생각했다.

며칠의 오차는 있을지 몰라도 보름과 백오십여 일의 차이
는 나지 않는다.

절대로 잘못 계산했을 리가 없다. 보름과 백오십여 일의 차
이를 느끼지 못할 정도로 그는 바보가 아니다.

대신과 함께 숱한 나날을 무공 연마를 하고 잠을 자며 또한
어울려서 즐겁게 보냈다.

그럼 그것들이 모두 다 꿈이었다는 말인가. 하지만 결코 꿈
은 아니다. 바로 조금 전의 일처럼 생생하다.

더구나 그는 천추문에서 건곤풍을 일격에 죽였으며, 또한

경공보다 빠른 달리기로 거리를 내달렸지 않았는가. 그것들은 뭐란 말인가.

그림 속에서 배운 것들을 현실에서 사용하고 있기 때문에 꿈은 아닌 것이다.

그런데 한 가지 이상한 점이 있었다. 용비가 있었던 그림 속에서는 계절의 변화가 없었다.

언제나 신록의 계절 여름의 연속이었다. 그래서 그 점을 가끔 이상하게 생각했다.

하지만 지금도 어떻게 된 영문인지 알 수 있는 방법은 없다. 어쩌면 사부 완사가 처음부터 그림을 여름으로 그렸기 때문인지도 모른다.

"그럼 넌 얼마나 지났다고 생각하는 거냐?"

현도가 어이없다는 표정으로 물었다.

"아니다. 내가 잘못 생각한 것 같다."

용비는 가볍게 고개를 가로저었다. 그걸 구태여 세 친구에게 설명할 필요는 없을 것 같았다. 설명하면 오히려 그들에게 혼란만 주게 될 뿐이다.

"도대체 너는 보름 동안 어디에 있다가 이제야 도깨비처럼 불쑥 나타난 거야?"

요조가 눈에 쌍심지를 돋우고 따지듯 물었다. 그동안 용비 때문에 걱정했던 것을 생각하면 머리끄덩이를 잡아당겨도 속이 풀리지 않을 그녀다.

용비는 보름과 백오십여 일의 문제는 나중에 차분하게 생각해 보기로 했다.

그래도 어쨌든 다행이다. 그림 속에서 백오십여 일씩이나 지내는 동안 사실 밖의 일을 많이 걱정했었다.

그래 봐야 어머니와 친구들 걱정이지만, 자신이 너무 오래 떠나 있어서 걱정이 이만저만이 아니었다.

그래서 그는 더 오래 있고 싶은 마음이 있었는데도 서둘러서 그림에서 나왔다.

그런데 그림 속에서의 백오십여 일이 밖에서는 보름밖에 안 된다는 사실을 알고 있었다면 더 오래 머물면서 더 많은 것들을 배우고 나왔을 것이다.

어쨌거나 신기한 일이다. 현실에서의 하루가 그림 속에서는 열흘이라니, 그 그림들을 그린 사부 완사가 신처럼 위대하게 여겨졌다.

"신룡보는 어떻게 됐느냐?"

그래도 한 가지 다행인 것은 화봉 옥연이 준 일거리, 즉 신룡경천도법을 구하는 임무가 그다지 많이 늦어지지 않았다는 사실이다.

"내가 대충 계획은 세워봤어. 네가 들어보고 나서 정리하고 보충해 줘라."

현도는 자기가 세운 작전에 대해서 차분하게 설명했다. 그는 결코 장황한 설명을 늘어놓지 않고 요점만 정확하게 집어서 귀에 쏙쏙 들어오게 하는 말솜씨를 지녔다.

그는 어렸을 때 가장 기초적인 공부만 일 년 남짓 배우고 나서 혼자 독학을 했다.

하지만 비싼 서책들을 구할 수 있는 형편이 아니었으므로 거의 귀동냥이나 어깨너머로 주워들으면서 배운 잡동사니 지식들이다.

"약은 이미 구해놨다."

설명을 끝내고 나서 현도가 덧붙였다.

그의 작전인즉 이렇다. 먼저 흑룡가인 반아미에게 일대일 비무 신청을 한다.

누가 그녀와 비무를 할 것인지는 걱정하지 않아도 된다. 현도가 세운 작전대로만 하면 절대로 그녀와 비무를 할 일은 일어나지 않을 테니까 말이다.

비무 신청을 하면서 한 가지 조건을 제시한다. 반아미가 비무를 하러 올 때 혼자 와야 하며, 비무를 지켜보는 사람도 없이 단둘만이 비무를 해야 한다고 말이다.

여태까지 반아미는 오십여 차례 비무를 치렀는데 상대의 요구를 전적으로 받아들였다고 한다.

그러므로 사우당의 요구를 들어줄 가능성이 크다. 여기까지는 괜찮은 작전이다.

하지만 그다음이 문제다. 반아미와의 비무 장소를 아무도 모르는 은밀한 곳으로 정하고, 비무를 시작하기 전에 서로 통성명이나 하자고 말하면서 차를 한 잔씩 마신다.

그런데 반아미가 마시는 차에는 강력한 무색무취무미의 미혼약(迷魂藥)을 미리 타놓는다. 그러므로 그녀가 그걸 마시면 혼절하게 될 것이다.

그때 그녀를 제압해서 사우당이나 더 은밀한 장소로 옮긴 후에 꼼짝하지 못하도록 제압을 하고, 그다음에 깨어나면 심문을 하여 신룡경천도법의 구결을 알아낸다는 것이 작전의 전체적인 맥락이다.

사우당은 원래 미혼약을 사용하는 따위의 잡스럽고 경멸스러운 방법도 거리낌없이 한다.

이른바 목적을 위해서라면 수단이나 과정 같은 것은 아무래도 상관없다는 것이다.

여태까지 사우당은 미혼약보다 더 악랄하거나 저급하고 더러운 방법도 여러 번 사용했다.

그렇지만 용비와 세 친구는 추호도 양심의 가책이나 죄책감 같은 것은 느끼지 못했다. 아니, 그게 좋은 일인지 나쁜 짓인지조차도 몰랐다.

돈이 얼마나 소중한지, 그래서 그 몇 푼의 돈 때문에 가족이 죽는다든가, 거리로 내쫓기고 또 쫄쫄 굶어서 뱃가죽이 등에 달라붙어 쥐라도 잡아먹어본 사람이라면, 사우당 네 친구를 충분히 이해할 것이다.

그들에겐 생존 자체가 중요한 일이지 그것을 위해서라면 무슨 일이라도 할 수 있다.

하지만 문제는 과연 반아미가 비무 전에 미혼약이 든 차를 마실 것인가 하는 것이다.

그녀가 차를 마시지 않으면 강제로 입에 부어넣을 수도 없는 일이다. 그럴 만한 실력이 안 되니까 강제로 그랬다가는 맞아 죽을 것이다.

아니, 차를 강제로 마시게 할 실력이 된다면 그녀하고 직접 내기 비무를 하면 된다. 그녀가 패하면 신룡경천도법을 내놓는 조건을 거는 것이다.

대신 이쪽이 패할 경우에는 무엇이든 들어주겠다고 한다. 어쨌든 그녀가 이겨도 조건을 들어주지 않고 도망칠 것이니까 그것은 어쨌든 상관없다. 하지만 정식으로 비무를 할 생각은 추호도 없다.

신룡보의 이인자하고 일대일로 싸우는 일은 제 발로 걸어서 지옥으로 들어가는 것처럼 어리석은 짓이다.

또 하나의 문제는, 정말로 반아미가 혼자서 비무 장소에 올 것인가 하는 점이다.

그녀가 비무 상대의 어떠한 조건이라도 다 들어준다고 하지만 그것을 사우당의 눈으로 직접 보지 않은 이상 무조건 믿을 수만은 없는 일이다.

만에 하나 운이 좋아서 그녀에게 미혼약을 먹이고 제압하는 것까지 성공한다면, 그다음은 일사천리다.

그녀를 실토시킬 수 있는 방법은 수백 가지나 된다. 그래서 그것은 전혀 염려하지 않는다.

"음……."

생각이 길어지고 또 깊어지자 용비는 낮은 신음을 흘렸다. 그가 봤을 때 이 작전은 몇 군데 보완을 하면 성공할 가능성이 조금 더 높아질 것 같았다.

예를 들면 반아미가 차를 마시지 않을 경우를 대비하여 미혼향(迷魂香)을 사용할 수도 있다.

그녀와의 비무 장소에 미혼향을 살포해 두면 흡입하지 않을 수가 없다. 물론 그곳에 있게 될 비무 상대는 미리 해약을 복용한 상태다.

비무 상대는 여러모로 봤을 때 아무래도 용비가 가장 적합할 것 같다.

일단 그는 얼굴과 온몸에서 잔인하고도 소름끼치는 기도가 흘러나오기 때문에 그의 모습을 보는 것만으로도 반아미는 긴장하게 될 것이다.

놀랍게도 용비는 자신의 그런 기도를 조절할 수 있는 능력을 지니고 있다.

기본적으로 흘러나오는 기도를 없애지는 못하지만, 기도를 더 강하게 뿜어낼 수 있는 것이다.

반아미가 일단 미혼향을 단 한 모금만이라도 마시면 정신이 몽롱해진다.

효과는 미혼약하고 똑같다. 그러므로 늦었다고 생각할 때는 이미 늦다.

만약 쓰러지지 않고 운공을 하면서 억지로 버틴다면 약효가 더 빨리 퍼질 테고, 용비 등이 달려들어서 몽둥이찜질이라도 해야 한다.

미혼향을 흡입한 상태에서는 무공을 제대로 펼치지 못할 테니까 제아무리 흑룡가인 반아미라고 해도 몽둥이가 몸에 튀지는 않을 것이다.

만에 하나 어쩌다가 미혼향이 실패할 경우에는 세 번째 네 번째 방법도 있다.

하지만 미혼약과 미혼향마저 실패한 판국에 다른 방법이 먹힐 가능성은 희박하다.

이윽고 생각을 정리한 용비가 입을 열었다.

"좋은 계획이다. 그런데 추가로 미혼향과 강사그물을 설치하는 것이 좋겠다."

탁!

"좋군! 역시 용비다!"

"훌륭해!"

모두는 작전이 성공한 것처럼 환호하며 손뼉을 쳤다.

강사그물은 땅을 얕게 파서 그 아래에 설치한다. 사방 여러 군데에 가느다란 쇠줄이 연결되어 있어서 목표물이 강사그물 안에 들어갔을 때 중심줄 하나만 힘껏 잡아당기면 고스란히 갇히게 된다.

강사그물은 말 그대로 가느다란 강철사로 만든 그물이다. 그 안에 일단 갇히면 일류고수 아니라 그 사부가 온다고 해도 절대 빠져나갈 수 없다.

사우당은 지금까지 강사그물을 두 번 사용해서 두 번 다 성공시킨 전적이 있다.

그래도 용비는 찜찜했다. 상대가 상대이니만큼 작전이 완벽해야 하는데 뭔가 부족한 것 같았다.

그래서 뭔가 다른 방법이 없을까 생각해 봤지만 이게 제일 좋을 것 같았다.

딸랑딸랑.

그때 실내 한쪽에서 작은 방울소리가 낭랑하게 울렸다. 지하 이층으로 내려가는 계단 입구에 매달려 있는 방울이 흔들리는 소리였다.

지하통로를 통해서 누가 와서 석문을 열어달라고 그곳에 설치된 줄을 잡아당기고 있기 때문이다.

낙혼이 내려갔다가 잠시 후에 소선개와 함께 올라왔다.

소선개는 며칠에 한 번씩 이곳에 와서 용비의 소식을 묻고 가곤 했었다.

지금도 용비가 왔다는 사실을 알고 온 것이 아니라 궁금해서 들러본 것이다.

제 딴에도 용비의 실종이 길어지니까 걱정이 되는지 아니면 신경이 쓰이는 모양이었다.

용비와 소선개의 관계는 뭐라고 한마디로 설명하기 어렵다. 둘은 원래는 적이었다가 죽은 광폭도를 화장시키면서 협력관계로 발전했다.

이후 둘이 일대일 대결을 펼쳐서 소선개가 수하가 되면서 상하관계가 됐다. 하지만 소선개가 용비의 수하라고 딱 잘라서 말하기는 곤란하다.

"용비!"

소선개는 용비를 발견하고는 비명처럼 소리 지르며 반가운 표정으로 달려들어 그를 와락 끌어안으려고 했다.

그러나 용비가 슬쩍 피하자 중심을 잃고 엎어질 뻔하다가 머쓱하게 투덜거렸다.

"젠장! 안 하던 짓 하려다가 코 깨질 뻔했군."

그런데 그때 또다시 방울이 울렸다. 용비 등은 소선개를 쳐다보며 슬쩍 긴장했다. 누가 그를 미행하지 않았나 하는 표정이다.

소선개는 억울하다는 듯 두 손을 마구 저었다.

"나 미행 안 당했어. 내가 얼마나 조심하는데?"

낙혼이 지하통로로 내려가려는 것을 용비가 제지하고 자신이 직접 내려갔다.

지하 이층에서 돌계단을 열 개쯤 내려가면 석문이 나오는데 굳게 닫혀 있다.

석문 바깥쪽에 누가 있는지 모르지만 지하 일층에서 계속 방울소리가 울리고 있었다.

용비는 삼원심공으로 청룡공을 두 팔에 잔뜩 끌어올린 후에 석문 옆에 튀어나온 굵직한 나무를 잡고 천천히 아래로 내렸다.

스르릉.

육중한 석문에 비해서 미약한 음향이 나면서 석문이 왼쪽 벽 속으로 들어가며 열렸다.

용비는 뒤로 두 걸음 물러나서 오른손을 들어 약간 뒤로 뺐다. 상대를 확인하는 순간 침입자라는 판단이 서면 즉시 일권을 뻗을 생각이다.

아까 아침에 천추문에서 건곤풍을 죽일 때처럼 청룡공기가 발출되면 좋고, 그렇지 않으면 맨주먹으로 상대의 얼굴을 부숴 버릴 것이다.

현재의 그는 자신감에 차 있다. 호신도에 들어가기 전과 들어갔다가 나온 이후 실력이 하늘과 땅 차이로 발전했기 때문에 당연한 자신감이다.

석문이 열리자 한 사람이 빠르게 안으로 들어서다가 용비하고 부딪칠 뻔했다.

들어선 사람은 뜻밖에도 수진랑이다. 그녀는 한정에게서 용비가 나타났다가 도망쳤다는 말을 듣자마자 일과를 빼먹은 채 곧장 이곳으로 달려온 것이다. 용비가 사우당으로 갔을 것이라고 확신한 것이다.

“너……”

수진랑은 용비 반걸음 앞에 서서 그를 올려다보며 성난 표정을 지었다.

그러나 그녀의 치켜뜬 두 눈은 표정하고는 달리 웬일인지 약간 촉촉하게 젖어 있었다.

“사람을 왜 그렇게 걱정시켜? 맞을래?”

수진랑이 반가우면서도 약간 울음기 섞인 목소리로 살벌하게 협박을 했다.

용비는 벌거벗은 한정이 안기는 것도 그렇지만 이런 모습의 수진랑도 어색하기는 매한가지다.

[그림 속에서 언제 나온 거야?]

용비는 수진랑이 입술을 미미하게 달싹거리는데 그녀의 목소리가 귓전을 울리는 것을 들었다. 그는 그 수법이 무림인들이 사용하는 전음일 것이라고 생각했다.

용비는 자신이 그림 속에 들어갔었다는 사실을 수진랑이 알고 있다고 생각했다.

그래서 혹시 위에 있는 친구들이 그 사실을 알게 될까 봐 그녀가 전음을 사용하는 것이라고 여겼다.

하지만 용비는 아무런 말도 하지 않고 몸을 돌려 계단을 올라갔다.

지금은 그것을 설명할 시기가 아니다. 아니, 그녀에게는 설명할 필요를 느끼지 못했다.

수진랑은 주먹을 움켜쥐고 그의 등을 날카롭게 쏘아보다가 따라 올라갔다.

"너희 둘은 올라가서 기다려라."

용비는 수진랑과 소선개에게 위쪽을 가리켰다.

그런데 수진랑은 용비 옆에 우뚝 선 채 그를 주시하며 꼼짝도 하지 않았다.

그러자 소선개는 계단 쪽으로 걸어가다가 멈춰서 뒤돌아보며 눈치를 살폈다.

수진랑은 용비 오른쪽에 앉아 있는 낙혼의 의자를 발끝으로 가볍게 툭 찼다.

"일어나라."

성질 더럽기로 유명한 싸움꾼인 낙혼이다. 그는 와락 인상을 쓰며 수진랑을 쏘아보았다. 금방이라도 벌떡 일어나면서 그녀를 한 방 갈길 기세다.

"죽고 싶으냐?"

혼날래? 라고 한 것도 아니다. 단지 의자에서 일어나지 않았다는 이유로 죽이겠다고 위협을 했다.

"끙."

그러는 데에는 아무리 성질 더러운 낙혼이라고 해도 버틸 재간이 없었다.

이 자리에 용비가 있다고는 하지만 검귀라는 별호를 지닌 수진랑이 죽이려고 하면 용비라고 해도 어쩌지 못할 것이라고 생각했다.

수진랑은 낙혼이 양보해 준 의자에 앉아서 용비를 똑바로 주시하며 조용히, 그러나 냉랭한 목소리로 물었다.

"나 친구 맞느냐?"

"그래."

용비는 곧바로 대답했다. 만약 서호 변 갈대숲에서 그녀에게 천추신뢰검을 해석해 준 대가로 친구가 된 것을 말한다면 그는 언제든지 약속 따위 없었던 것으로 뒤집을 준비가 되어 있다.

평소의 그는 별로 약속이나 명예 같은 것을 중요하게 여기지 않는다.

그런 것은 돈하고는 거리가 멀다. 그런 것이 밥을 먹여주지 않기 때문이다.

그러니까 그날 서호 변에서의 그 약속만이라면 용비에게 별다른 의미가 없다.

하지만 그 이후에 두 사람은 친해졌다. 정확히 말하자면 토지묘에서 요조를 구하려다가 심하게 다친 용비를 수진랑이 집까지 업고 왔을 때부터다.

최초의 만남은 이상한 장소에서의 껄끄러운 거래였지만, 그것이 두 사람을 친구로 만들어준 것이다. 그리고 끈끈한 우정 비슷한 것이 생겼다.

수진랑의 표정이 고집스러워졌다. 그녀는 현도와 낙혼, 요조를 차례로 보고 나서 용비에게 따지듯이 물었다.

"너는 이 친구들하고 나를 차별하느냐?"

용비는 그녀가 묻는 의도를 깨닫고 고개를 가로저었다.

"아니다."

"그렇다면 너희가 나누는 대화를 나도 들을 수 있다는 거로군?"

"그렇다."

수진랑이 이렇게까지 나오는데 그녀를 위층으로 쫓아낼

명분이 없었다.

"이런 염병할!"

그때 낙혼이 발로 탁자의 기둥을 걷어차며 욕설을 내뱉고는 수진랑을 거세게 몰아붙였다.

"야! 수진랑! 그럼 나도 네 친구냐?"

"그렇다."

"그런데 어째서 친구를 죽이겠다는 거냐? 엉?"

조금 전에 자리를 양보하라면서 위협한 일을 말하는 것이다. 낙혼 성깔에 많이 참고 있다가 마침내 터졌다.

수진랑은 물끄러미 낙혼을 쳐다보았다. 그러는 그녀의 얼굴 앞에는 평소보다 더 예리하고 더 시퍼런 느낌을 주는 칼날이 세워져 있었다.

살랑.

실내라서 바람도 불지 않았는데 그녀가 오른쪽 어깨에 메고 있는 검의 검파에 묶인 붉은색과 푸른색의 두 가닥 수실이 가볍게 일렁였다.

'으익! 어떻게 된 계집이 표정만으로 목을 자르는 것 같은 기분이 들게 하냐.'

수진랑과 눈이 마주친 낙혼은 질린 듯한 표정으로 방금 전의 자신의 망발을 후회하기 시작했다.

그러나 이미 물은 엎질러졌다. 수진랑이 발작을 일으키면 고스란히 당할 수밖에 없다. 낙혼은 자신의 일단 저질러 놓고 보는 식의 나쁜 성격을 탓했다.

그런데 수진랑의 핏기 없는 입술이 살짝 열렸다.

"미안하다."

"엑?"

"친구야."

"에… 에… 엑?"

극도로 긴장했던 낙혼은 맥이 탁 풀리면서 이상한 소리를 지르며 그 자리에 털퍼덕 주저앉았다.

그는 죽다가 살아난 기분으로 이렇게 천추문의 검귀하고 친구가 됐다.

수진랑의 행동에 소선개도 용기를 얻어 쭈뼛거리면서 용비 쪽으로 다가왔다.

"나는……."

용비가 슬쩍 쳐다보자 오싹함을 느낀 소선개는 어깨를 움츠리며 중얼거렸다.

"나는… 너희 수하니까 여기 있어도 되지 않겠냐?"

결국 수진랑과 소선개는 사우당의 신룡경천도법 탈취 계획을 다 알게 되었다.

소선개는 자신이 직접 흑룡가인 반아미에 대한 정보를 수

집했으나 설마 사우당이 신룡경천도법을 목적으로 하고 있다
는 사실은 몰랐다.

"그… 거 잘못되면 우리 모두 끝장이다."

소선개는 누군가에게 목이 조이는 듯한 일그러진 표정을
지으며 겁먹은 목소리를 냈다.

무림에서는 성명무공을 훔치는 행위는 금기다. 발각되면
일족이 몰살되는 것으로도 끝나지 않는다.

소선개는 조금 전에 자신이 한 말을 후회했다. 자기는 사우
당 수하니까 이곳에 있어도 된다는, 즉 작전 계획을 들어도
된다고 고집을 부렸다.

하지만 다 듣고 나니까 몰랐던 것이 훨씬 나았다. 이젠 빼
지도 박지도 못하게 생겼다.

이 상황에서 자기만 빠지겠다고 하면 사우당이 절대로 가
만 놔두지 않을 것이다. 자승자박이다. 잔꾀를 너무 부리다가
함정에 빠져들고 말았다.

"나 말이야."

그때 수진랑이 용비를 보며 나직이 입을 열었다.

"사우당에 끼어주면 안 될까?"

용비와 다른 사람들은 뜻밖이라는 표정을 지었다.

"무엇 때문인데?"

그런데 수진랑은 매우 진지한 표정이다. 얼굴 앞에 세워진

칼날도 사라졌다.

"돈이 필요해."

'돈이 필요하다' 라는 말이 용비의 마음을 흔들었다. 그가 알기로는 수진랑은 몹시 가난하다. 그래서 그녀의 심정을 십분 이해할 수 있다.

용비는 자신이 단독으로 이 일을 결정하지 않고 세 친구를 쳐다보았다.

현도와 낙혼, 요조는 매우 심각한 표정으로 수진랑을 주시하며 생각에 잠겼다.

수진랑은 아무 말도 하지 않고 꼿꼿하게 앉아 있었다.

잠시 후에 현도와 낙혼이 거의 동시에 한쪽 손을 들었다.

"찬성."

"좋아."

조금 전에 수진랑에게 된통 당했던 낙혼이 그녀를 받아들이는 것에 찬성한 것은 의외다.

요조는 쏘는 듯이 수진랑을 노려보며 단호하게 말했다.

"친구들을 죽이겠다고 위협하지 마."

"알았다."

"내가 반말하는 거 아니꼽냐?"

"아니."

"솔직하게 말해."

“꼽다.”

수진랑은 여전히 꼿꼿했다.

“찬성.”

요조가 고개를 끄덕이자 용비는 자신의 오른쪽에 앉은 수진랑을 보며 말했다.

수진랑이 아니꼽다고 대답하는데도 찬성표를 던지는 요조는 과연 그녀다웠다.

용비가 수진랑에게 간단히 설명했다.

“우린 화봉각하고 거래를 맺었다. 그래서 매월 녹봉 식으로 돈을 받게 될 것이다.”

“얼마가 됐든 상관없어. 돈만 벌 수 있으면 돼.”

“알았다.”

용비는 수진랑이 얼마나 궁핍한지 물어보지 않았다. 하지만 그녀가 돈에 대해서 얼마나 절박한지를 충분히 짐작할 수 있었다.

수진랑은 돈이 절실했다. 천추문에서 무공을 배우면서도 돈을 벌 수 있다면 그야말로 금상첨화다.

하지만 그녀가 이 일을 하려는 데에는 그보다 더 중요한 이유가 있다는 사실을 용비는 모르고 있다. 그녀는 용비를 곁에서 보호하고 싶은 것이다.

“저… 나는……”

소선개가 쭈뼛거렸다.

그는 빼지도 박지도 못하게 된 상황이기 때문에 차라리 자기도 사우당의 동료가 되고 싶었다. 그러면 어느 정도의 수입이라도 생기지 않을까 해서다.

모두들 냉랭한 눈빛으로 자신을 쏘아보자 소선개는 자라처럼 목이 자꾸만 파고들었다.

"어차피 나는 너희 수하잖아… 그러니까……."

성격 좋은 현도가 조용히 말했다.

"제대로 말해봐라."

"나… 나도 사우당에 끼워다오."

"죽을래?"

낙혼이 와락 인상을 쓰면서 조금 전에 수진랑에게 당한 것을 그대로 써먹었다.

한 번 용비에게 당해서 죽다 살아난 소선개는 수진랑까지 있는 자리에서 전혀 기를 펴지 못했다. 하지만 지금 이 기회를 놓치면 평생 후회할 것 같았다.

"내가 정보 수집이라든지 뒷수습 같은 걸 맡을게. 그리고 소문내는 거나 바람 잡는 것은 내 전문이다."

사우당에 보호비를 뜯어내려고 으름장을 놓던 소선개는 이미 죽었다. 여기 있는 소선개는 그저 가련할 뿐이다.

용비는 물끄러미 소선개를 응시했다. 소선개가 사우당을

괴롭힌 것을 생각하면 지금 당장 쳐 죽여도 속이 풀리지 않을 것이다.

하지만 적이 언제까지나 적이지 않고, 또한 영원한 친구가 없다는 사실은 이 바닥의 상식이다.

소선개가 사우당 친구들의 부모를 살해한 불공대천지수라면 모를까. 이쯤에서 그를 받아들이는 것도 현명한 방법일 것이라고 용비는 생각했다.

"소선개를 친구로 받아들이는 것은 어떠냐?"

"엑?"

용비의 느닷없는 말에 소선개는 바닥에서 한 자나 뛰어오를 정도로 대경실색했다.

소선개는 수하로 받아주기를 기대했는데 용비가 친구라니까 괜히 눈물까지 나오려고 했다.

세 친구는 한마디씩 윽박지르면서 찬성했다. 용비가 그렇게 물어볼 때는 찬성해야 한다는 것을 잘 알기 때문이다.

그리고 그날 사우당은 이름을 바꿨다.

결우당(結友堂).

친구끼리 굳게 맺어진 조직이라는 뜻이다.

第二十一章 어머니

萬
能
書
生

용비의 짐작이 맞았다. 그는 수진랑의 입을 통해서 천추문이 자기를 찾는 이유가 소문주 한정을 구해준 것 때문이라는 사실을 확인했다.

수진랑은 용비에게 언제 적당한 시기에 한 번 천추문에 직접 찾아가라고 권했다.

그래야지만 천추문이 용비에 대한 체포령을 거두어 행동이 자유로워질 것이고, 또한 한정의 마음을 가라앉혀 줄 필요가 있다는 얘기다.

용비는 그녀의 말이 맞다는 것은 인정하지만 천추문에 찾아가서 여러 가지 원하지 않는 번거로운 일이 일어날까 봐 기피하고 있다.

우선은 명문세가들의 거추장스러운 예절 따위, 즉 번문욕례(繁文縟禮)가 싫다.

자기 딸을 구해줘서 고맙다면서 온갖 공치사를 해대고 또한 보답을 하는 둥 생색을 내려고 할 것이다. 그런 것들은 용비의 생리에 맞지 않는다.

"그럼 개인적으로 소문주라도 만나봐. 그녀를 통해서 네의사를 전하면 되잖아. 그렇게 해야지만 천추문의 체포령이 풀릴 거야."

수진랑의 그 제의는 매우 타당성이 있어서 용비는 받아들이기로 했다.

사우당의 일을 계속하고 또 이런저런 활동을 하려면 한시바삐 천추문의 체포령이 풀려야만 하기 때문이다.

만날 시기와 약속 장소는 용비가 정하고, 한정을 불러내는 것은 수진랑이 맡았다.

약속 장소는 항주에서 조금 떨어진 남쪽 전당강 강가의 어느 주루로 정했다.

용비는 사람들 눈에 띄지 않으려고 이곳까지 오는 동안 방갓을 깊이 눌러썼다.

그리고 평범한 싸구려 흑의경장을 입었다. 보통 무림인들이 경장을 입지만 그는 무림인 행세를 하려고 경장을 입은 것이 아니다.

단지 경장을 입으면 행동하기가 편하다는 이유 때문이다. 경장은 말 그대로 가벼운 옷차림이다.

그가 주루에 들어가서 주인에게 수진랑과 미리 정한 가짜 이름을 대자 점소이가 그를 이층의 여러 개의 방 중에서 한 곳으로 안내했다.

방 안에는 한정이 기다리고 있을 것이다. 용비가 처음에 천목산에서 그녀를 만났을 때와 두 번째 그림에서 튀어나와 만났을 때에는 그녀의 신분을 몰랐고 또한 예상하지 못했던 만남이었다.

하지만 세 번째인 지금은 그녀가 누군지 알고 또 자진해서 만나러 왔다.

척!

"앗!"

용비가 문을 열자 안쪽에서 나직한 외침이 터졌다. 극도로 긴장한 채 용비를 기다리고 있는 한정은 단지 문이 열리는 것만으로 혼절할 만큼 놀란 것이다.

그녀는 열어놓은 창가에 서 있다가 돌아보고 있었다. 반 시진 전에 도착하여 줄곧 선 채로 창밖을 바라보면서 이 생각저 생각을 하며 기다렸다. 너무 긴장하고 설레서 앉아 있을 수가 없었다.

하지만 창밖에는 전당강이 도도하게 흘러가는 광경만 보일 뿐이었다.

들어서는 용비가 비록 방갓을 쓰고 있지만 그녀는 한눈에 그를 알아보고는 두 손을 가슴에 모은 채 이미 기쁨의 눈물을 흘리고 있었다.

용비를 만나면 눈물 같은 것을 흘려서 분위기를 망치지 말아야겠다고 그렇게 다짐했지만 허사가 돼버렸다. 그를 보는 순간 걷잡을 수 없이 샘물처럼 눈물이 솟아나는 것을 대관절 어쩌라는 말인가.

용비는 그런 그녀의 모습을 보면서 씁쓸한 표정을 지으며 문을 닫고 천천히 걸어서 탁자로 다가갔다.

처음부터 그는 한정의 입장이나 감정 같은 것은 생각해 본 적도 없다. 자신하고는 상관이 없기 때문이다.

탁자에 방갓이 하나 놓여 있었다. 그걸 보니까 그녀도 신분을 감추려고 방갓을 쓰고 온 모양이다.

용비는 곧장 탁자 앞 의자에 앉았다. 그녀가 또 무작정 안기거나 다른 이상한 행동을 하는 것을 미연에 봉쇄하려는 의도에서다. 그리고는 그녀가 앉기를 기다렸다.

한정이 용비 맞은편에 앉고 오래지 않아서 문이 열리고 점소이가 들어와 요리와 술을 차렸다.

한정이 미리 와서 주문해 놓은 것이다. 제 딴에는 용비에게 식사와 술을 대접하려고 이 주루에서 가장 맛있는 최고급 요리를 선택했다.

점소이가 나간 후에 한정은 일어나서 용비가 먹기 좋도록 요리들을 다시 배열했다. 용비는 그것을 묵묵히 지켜보기만 했다.

한정은 마지막으로 용비의 잔에 공손히 술을 따르고 자기 자리로 돌아가 앉았다.

어디 한 점 나무랄 데 없는 명문가 출신다운 예절과 단정한 행동이었다.

어색한 침묵이 흘렀다. 용비도 한정도 요리나 술에는 손도 대지 않았다.

한정이 신경 써서 주문하고 배열한 요리지만 용비는 전혀 입맛이 없었다. 아니, 입맛이 있어도 먹고 싶지 않았다.

그럴 분위기가 아니기 때문이다. 이런 상황에서 요리와 술이 입에 들어갈 리가 없다.

한정은 두 손을 무릎에 모으고 약간 고개를 숙인 자세인데, 가늘게 떨고 있는 것이 보였다.

용비는 이 어색한 침묵이 답답해서 먼저 입을 열었다.

"내 말을 잘 들으시오."

얼마 전까지만 해도 그는 천추문의 외겸인이었다. 하인보
다 못한 외겸인으로 사 년 넘게 일했다.

그리고 앞에 앉아 있는 한정은 천추문의 소문주, 즉 태양
같은 존재였다.

용비가 계속 천추문의 외겸인이었다면, 그리고 천목산에
서의 그 일이 없었다면, 그는 감히 한정을 똑바로 쳐다보지도
못했을 것이다.

오죽하면 천추문의 외겸인으로 있는 사 년여 동안 한 번도
그녀를 먼발치에서나마 바라본 적이 없었겠는가.

그녀는 천추문의 한가운데 중심에 있었고, 용비는 변방에
서 웅크리고 있었기 때문이다. 만나거나 마주칠 일이 무에 있
었겠는가.

용비의 말에 한정은 숙였던 고개를 들고 조심스럽게 그를
바라보았다.

눈물은 그쳤으나 두 눈이 촉촉하게 젖어 있었고 언제든지
울 준비가 되어 있는 모습이었다.

용비는 그녀를 똑바로 주시했다. 외겸인과 소문주의 신분
이 가져다주는 괴리감이 느껴지자 그는 반항하듯 일부러 냉
정한 목소리로 말했다.

"내가 소문주를 위기에서 구해준 것은 그럴 만한 상황이었
기 때문이지 대가를 바라고 한 것이 아니오. 나는 그대가 누

군지 몰랐고, 그대가 아닌 다른 사람이었다고 해도 같은 행동을 취했을 것이오.”

사부 완사는 그에게 의술을 가르치면서 한 가지를 반드시 지키라고 당부했다.

그것은 절대로 의술을 돈을 받고 팔지 말라는 것이었다. 다만, 용비의 궁핍한 생활고를 덜기 위해 환약을 만들어서 의원에 팔아 수입을 얻는 것은 괜찮다고 했다.

그 말을 액면 그대로 받아들여서는 안 된다. 사부의 말인즉, 죽을병에 걸린 사람이나 목숨이 경각에 처한 사람의 목숨을 구해주고 대가를 받아서는 안 된다는 광범위한 뜻이다. 그것이 진정한 의술이고 인술이기 때문이다.

그러므로 용비가 천목산에서 한정을 구해준 것도 그 범주에 속하는 일인 것이다.

“현재 소문주와 천추문이 나를 잡으려고 하는 행동 때문에 나와 어머니, 그리고 친구들이 얼마나 큰 피해를 보고 있는 줄 아시오?”

한정의 얼굴이 슬픔으로 물들었다.

“미안해요. 거기까지는 미처⋯⋯.”

“내 말을 듣기만 하시오.”

“네.”

용비는 더 냉정한 표정과 목소리로 말을 이었다. 그는 이런 식으로 한정을 잘라내고 싶었다.

"내가 원하는 것은 단 하나뿐이오. 소문주가 나에 대한 관심을 접으라는 것이오. 그것이 나와 주위 사람들을 궁지로 몰아붙이고 있소."

한정의 안색이 하얗게 질리는 것을 보면서도 용비는 할 말을 마저 했다.

"나는 선의로써 그대를 위기에서 구해주었는데 그대는 어째서 나를 이토록 괴롭히는 것이오? 이러는 것이 명문가의 보답이오?"

용비의 한마디 한마디는 칼이 되어 한정의 온몸을 찌르고 베어 도막을 냈다.

한정은 참으려고 했는데 주체할 수 없을 정도로 눈물이 펑펑 쏟아졌다.

자신은 어떻게든 용비에게 보은을 하려고, 아니, 그를 자신의 일생의 목적으로 삼고서 찾으려 했는데, 어떻게 그것이 이런 식으로 와전될 수가 있는 것인지 가슴이 찢어지는 것만 같았다.

"만약 나를 더 귀찮게 한다면 어머니를 모시고 항주를 떠날 수밖에 없소."

그리고는 벌떡 일어섰다.

"더 할 말은 없소."

"용 공자……."

"그리고 들을 말도 없소."

이어서 몸을 돌려 문으로 성큼성큼 걸어가면서 방금 자신이 한 말을 조금도 후회하지 않았다. 이렇게 해서라도 자신과 어머니, 그리고 친구들이 원래의 평범했던 일상으로 돌아가기를 원했다. 그러므로 이것보다 더 심한 말이나 행동도 할 수가 있다.

쿵!

그런데 그가 문을 열려고 할 때 등 뒤에서 뭔가 둔탁한 소리가 들렸다.

뒤돌아본 그는 움찔했다. 한정이 앉아 있던 의자 옆 바닥에 쓰러져 있었기 때문이다.

그것은 앉아 있다가 충격을 받고 그대로 옆으로 쓰러진 것을 의미했다.

쓰러진 자세 그대로 옆으로 누워 있는 그녀는 눈을 꼭 감고 있는데 얼굴에 핏기 하나 없이 창백하기 짝이 없었다.

용비의 놀라워진 능력은 그녀의 숨소리가 매우 미약하고 심장박동도 불규칙한 것을 간파했다.

"소문주!"

그는 즉시 달려가서 바닥에 앉아 한정을 품에 안고 맥을 짚어보았다.

방금 그녀에게 심한 말을 퍼부은 그였지만, 한 사람이 죽어가는 상황 앞에서는 모든 것을 다 팽개치고 사부 완사에게 배운 한 사람의 의술인으로서 행동하고 있었다.

그때 문이 열리고 수진랑이 들이닥쳤다. 그녀는 용비를 뒤따라서 주루에 들어왔다가 혹시 무슨 불미스러운 일이라도 생기지 않을까 주루 이층에서 대기하고 있었는데, 방금 용비가 외치는 소리를 듣고 무슨 일이 생긴 것이라 여기고 달려들어온 것이다.

하지만 그녀는 청력을 돋우어서 용비와 한정의 대화를 들으려고 하지는 않았다. 그것은 두 사람만의 사적인 대화이기 때문이다.

"어떻게 된 거야?"

수진랑이 급히 용비 옆에 앉아서 한정을 보더니 책망하듯이 다그쳤다.

용비는 착잡한 얼굴로 대답했다.

"날 귀찮게 하지 말라고 말하고 나서 가려고 하니까 그냥 쓰러졌다."

"이런……."

수진랑은 어떻게 된 일인지 짐작했다. 용비가 자기 할 말만 하고 가려고 하니까 한정이 절망에 빠져서 혼절한 것이 틀림없다.

사람이 제아무리 태산을 무너뜨리고 바다를 가르는 놀라운 재주가 있더라도 정신이 붕괴하면 다 소용없다. 몸뚱이는 정신의 지배를 받기 때문이다.

"보고만 있지 말고 어떻게 좀 해봐!"

수진랑이 차갑게 소리치지 않아도 용비는 이미 삼원심공기를 일으켜서 한정의 손목을 잡고 주입하고 있었다.

수진랑은 옆에서 초조하게 그 모습을 지켜보았다. 용비를 찾는 과정에서 수진랑은 여러 차례 한정하고 함께 행동을 하면서 가까워졌다.

수진랑은 어린 시절의 삶이 너무 팍팍해서, 그리고 천추문에 들어온 이후에는 무공 연마에 몰두하느라 그다지 많은 여자들을 만나보지 못했고 지금까지 친한 여자는 단 한 명도 없었다.

아니, 여자만이 아니라 남자나 동료도 친한 사람이 없다. 있다면 용비가 유일하다.

하지만 그녀는 용비로 인해서 알게 된 한정보다 더 착하고 정의로우며 훌륭한 여자를 찾아보기란 어려울 것이라고 감히 장담할 수 있다.

그녀는 용비를 친구로 여기지만 한정 역시 친구로 생각하고 있다. 물론 용비만큼의 비중은 아니다.

일반적인 진기하고는 차원이 전혀 다른 삼원심공기가 주

입되자 한정은 곧 정신을 차리며 눈을 떴다.

"아……."

그녀는 자기가 용비의 품에 안겨 있는 것을 깨닫고 놀라서 눈을 커다랗게 떴다.

"나오지 말고 소문주의 얘기를 들어봐."

수진랑은 높낮이 없이 딱딱하게 내뱉고는 방을 나갔다. 그 냥 나오면 가만두지 않겠다는 협박이다.

용비는 한정이 혼절하자 다급한 나머지 그녀를 안았지만, 그녀가 깨어나자 머쓱해졌다.

슥.

한정은 조심스럽게 그의 품에서 벗어나더니 갑자기 그를 향해 단정한 자세로 무릎을 꿇었다.

바닥에 책상다리로 앉은 용비는 가볍게 눈살을 찌푸린 채 그녀를 쳐다보았다.

한정은 용비하고 두 걸음 떨어진 거리에 무릎을 꿇고 두 손 으로 바닥을 짚은 채 청아하지만 차분한 목소리로 말문을 열 었다.

"소녀의 지금 심정을 말씀드리겠어요."

그녀는 눈물을 흘리지 않으려고, 침착하려고 죽을힘을 다 해서 노력하고 있는 중이다.

용비는 팔짱을 끼고 어디 말해보라는 태도를 취했다. 그러

면서 네가 무슨 말을 해도 나는 꼬떡도 하지 않는다는 표정을
지었다.

한정은 비장하지도 그렇다고 단호한 표정도 짓지 않았다.
그러면서 마치 몸에서 은은한 빛이 자체적으로 발광하듯 자
욱한 빛 가운데 앉아 있었다.

그 자태가 너무나 아름다워서 용비는 잠시 지금의 상황을
잊어버렸다.

그리고 어째서 사람들이 한정과 화봉각주 화봉 옥연을 항
주이미로서 칭송하고 있는지 이제야 알 것 같았다.

사람들은 옥연을 외미인, 한정을 내미인이라고 부른다. 색
향(色鄕) 항주에서의 최고미인이라면 천하제일미라고 해도
지나친 말이 아니다.

평소 여자에 대해서 특히 용모에는 별 관심이 없는 용비지
만, 지금 이 순간은 뭔가 특별했다.

이것은 옥연을 봤을 때도 느끼지 못했던 감흥이다. 그가 이
런 감정을 느끼는 것은 생전 처음이다. 어째서 지금의 상황하
고는 전혀 어울리지 않는 아름다움이니 뭐니 하는 것을 느끼
는 것인지 모를 일이다.

그런 것을 아는지 모르는지 한정은 두 손으로 바닥을 짚어
상체를 살포시 숙인 자세로 고개를 들어 용비를 바라보며 고
즈넉이 말했다.

“당신 곁에 있지 못하면 소녀는 죽습니다.”

“…….”

지금 아름답다고 느끼는 소녀가 한 말에 용비는 거센 파도가 가슴팍을 두들긴 듯한 신선한 충격을 받았다.

“당신은 소녀의 모든 것이기 때문입니다.”

더 이상 무슨 말이 필요하겠는가. 구구절절한 천 마디 말보다도 더 살과 뼈와 핏물 속에 쑤셔 박히는 말이다.

그래서 용비는 아무 대꾸도 하지 못하고 멍한 표정으로 그녀를 바라보기만 했다. 물론 그가 멍한 표정을 지어도 본연의 소름끼치는 오싹함은 그대로 남아 있다. 그것은 천성이기 때문이다.

한정은 용비의 표정을 살피려고도 하지 않고 자기 할 말만 계속했다.

“소녀는 모든 것을 버리고 지금 이 순간부터 당신을 따르겠습니다.”

용비로선 전혀 예상하지 못했던 돌발선언이다. 천추문의 소문주이며 항주이미의 내미인 한정이 모든 것을 버리고 용비만을 따르겠다고 선언한 것이다.

자신의 약속된 화려한 삶을 마다하고 비천한 신분인 용비와 같은 삶을 살겠다고 선택한 것이다.

어째서 그래야만 하느냐고 물을 수도 없다. 그 이유는 용비가 이미 알고 있기 때문이다.

거절할 수도 없다. 그러면 죽겠다고 그녀는 이미 선언했다. 그녀는 강요하지도 않고 조금 전보다 더 환한 광채를 온몸에서 흩뿌리며 더 아름다운 자태로 말끄러미 용비를 바라보고 있을 뿐이다.

용비는 자기가 사람과의 맺고 끊는 재주가 꽤나 대단하다고 믿고 있었다.

그런데 설마 여자의 단 몇 마디에 옴짝달싹 못하고 발목이 잡힐 줄이야 상상도 하지 못했다.

'이건 정말……'

사우당, 아니, 결우당은 다시 한 명의 새로운 식구를 맞이했다. 아니, 맞이할 수밖에 없었다.

현도와 낙혼, 요조는 새로 들어온 식구를 보고는 입에 거품을 물면서 혼절하기 직전의 표정을 지었다.

항주에서 가장 유명한 문파인 천추문의 소문주 한정이 결우당의 새 식구가 되었기 때문이다.

더구나 그녀는 천추문으로 돌아가지 않고 결우당에서 숙식하며 생활을 할 것이라고 말해서 모두를 다시 한 번 기절초풍하게 만들었다.

용비는 한정을 떼어놓고 올 수가 없었다. 대신에게 배운 호

주를 전개하면 어쩌면 떼어놓을 수도 있을지 모르겠지만, 그
럼 그녀는 버림받았다고 생각하여 스스로 목숨을 끊을 것이
분명했다.

아까 그녀가 한 말은 스스로의 결심이었다. 그녀가 단순히
협박하려고 그렇게 말하지는 않았을 것이라고 용비는 생각한
다.

수진랑은 결우당까지 따라왔다가 돌아갔다. 그녀는 한정
이 써준 한 통의 서찰을 갖고 갔다.

그 서찰은 한정이 부친에게 보내는 것이며 그 안에는 별 자
세한 내용이 없었다.

단지 용비와 함께 있으니까 그에 대한 체포령을 거두고 또
자신을 찾지 말 것이며, 만약 찾으려고 할 시에는 죽음으로써
자신의 결심이 결연하다는 사실을 증명할 것이라는 글만 적
혀 있다.

한정의 각오는 정말 대단했다. 아무것도 갖지 않은 채 빈
몸으로 천추문에서 나오고 또 가족하고 절연(絶緣)을 하면서
까지 용비를 따르고 있는 것이다.

하지만 용비는 한정이 수진랑에게 서찰을 주었다는 사실
을 모른다.

용비가 한정과 함께 왔을 때 소선개는 결우당에 없었다. 그
는 개방의 조장으로 매인 몸이기 때문에 하루 종일 결우당에

있을 수는 없는 신세다.

또한 그는 오늘 매우 중요한 임무를 띠고 성내로 돌아갔다. 즉, 흑룡가인 반아미에게 비무를 신청하는 신청서를 그녀에게 전달하는 일이다.

용비 등은 결우당 일층에서 저녁식사를 하고 있는 중이다.

얼마 전까지만 해도 용비 등은 봉래전에서 세 끼 식사를 해결했으나 지금은 결우당에서 막막이 만들어준 식사를 하고 있다.

막막은 일층 식당 탁자에 요리를 죽 차려놓고 용비 등이 식사하러 오기를 기다렸다.

그런데 그녀는 용비 등이 식당으로 들어오는 것을 보고는 그 자리에서 굳어버렸다.

용비 바로 뒤에서 다소곳이 따르는 아름다운 한정을 발견했기 때문이다.

용비와 세 친구가 식탁 둘레에 앉았지만 한정은 용비 옆에 다소곳이 섰다.

항상 네 사람만 식사를 했기 때문에 막막이 의자를 네 개만 준비한 것이다.

"막막아, 어디에 정신을 팔고 있는 거냐? 당장 의자 하나 더 갖고 와라!"

“아······.”

요조가 버럭 소리를 질러서야 막막은 정신을 차리고 허둥지둥 의자를 갖고 왔다.

용비 왼쪽에 앉은 현도가 자리를 넓혀주었다. 용비 오른쪽에는 언제나 요조가 앉는다. 그녀는 용비와 낙혼 사이에 앉는 것을 좋아한다.

이윽고 식사가 시작됐다. 용비를 비롯하여 모두 예절 따위 없이 평소에 하던 대로 거침없이 먹었다.

하지만 한정은 다소곳이 앉아서 단아하고 정갈하게 식사를 했다.

그러는 틈틈이 그녀는 다정하고 정성스럽게 용비의 시중을 들었으며, 맛있는 반찬을 그의 밥 위에 얹어주는 등 마치 부인처럼 행동했다.

용비는 어색했으나 그렇다고 그녀를 제지하지는 않았다. 지금으로선 방법이 없기 때문에 당분간 그녀가 하는 대로 지켜볼 생각이다.

현도와 낙혼, 요조는 게걸스럽게 퍼먹다가 동작을 뚝 멈추고 물끄러미 한정을 주시했다.

그러다가 잠시 지나서야 현도가 한정의 식사예절을 본받으려고 애쓰면서 식사를 다시 시작했고, 낙혼과 요조도 자세를 바로 하고 밥을 먹기 시작했다.

이것이야말로 백문불여일견(百聞不如一見)이다. 아무리 잔소리를 늘어놓고 가르치는 것보다는 한 번 눈으로 보는 것이 훨씬 낫다는 것이다.

한정은 단지 자신이 식사를 하는 모습을 보여줌으로써 세 사람의 형편없는 식사예절을 고쳐 놓고 있었다.

그럼에도 불구하고 용비는 조금도 개의치 않고 평소 하던 대로 식사했다.

그는 자기가 편한 대로 먹을 뿐이지 난잡하거나 게걸스럽지는 않았다.

식사를 하는 동안 막막은 정신이 반쯤 나간 표정으로 한정에게서 눈을 떼지 못했다.

그녀는 천하에 이렇게 아름다운 여자가 있다는 사실을 오늘 처음 알게 되었다. 안계를 넓힌 것이다.

저녁식사를 마친 후에 용비는 결우당을 나섰다.

아직도 낮에는 행동하는 게 수월하지 않기 때문에 어둠을 틈타서 어머니 미령을 만나보려는 것이다.

당연히 한정도 따라 나왔다. 용비는 그녀가 따라오는데도 별말 하지 않았다. 그냥 결우당에 있으라고 해서 말을 들을 그녀가 아니기 때문이다.

아까 낮에 전당강 주루에서 한정의 놀라운 선언이 있은 이후 용비는 그녀와 한마디도 나누지 않았다.

그렇다고 그녀를 기피한다거나 면박을 주지도 않았다. 그저 잠자코 그녀가 하는 대로 내버려 두고 있을 뿐이다.

그러면서 장차 그녀를 어떻게 해야 할지를 이따금씩 생각했다. 그녀를 이대로 계속 자기 곁에 두고 있을 수는 없기 때문이다.

용비는 그녀가 제풀에 지쳐서 천추문으로 돌아가는 일은 없을 것이라고 생각했다.

비록 그녀와 함께한 시간은 얼마 되지 않았으나, 참으로 알기 쉬운 성품이라서 그녀의 선언이 단지 위협이나 한때의 가벼운 감정으로 내뱉은 것이 아니라는 것쯤은 충분히 알 수 있었다.

저벅저벅.

용비는 관도를 달리지 않고 그냥 천천히 걸었다. 딱히 한정을 배려하려는 생각은 아니다. 막상 달리기 시작하면 어쩌면 그녀가 용비보다 더 빠를 수도 있다.

아니, 당연히 더 빠를 것이다. 오늘 아침에 천추문에서는 용비가 갑작스럽게 창을 부수고 뛰쳐나갔기 때문에 그녀는 당황하고 놀라서 뒤따르지 못했을 것이다.

사박사박.

한정은 용비의 두 걸음 뒤에서 따르며 그의 큰 걸음을 따라

잡으려고 종종걸음을 걸었다.

둥근 만월이 뒤쪽에서 비추고 있기 때문에 그림자가 앞으로 길게 누워서 용비는 그녀의 행동거지를 걸으면서도 다 알 수 있었다.

화봉각이 있는 서호 변에서 항주 남문 밖으로 가려면 잠시 후에 관도를 버리고 지름길로 들어서야 한다.

서호 변의 갈대숲을 빙 돌아서 가는 오솔길인데 관도로 가는 것보다 절반 이상 더 가깝다.

저벅저벅. 사박사박.

오늘따라 아무도 없는 텅 빈 관도에 두 사람의 발걸음 소리만 부서지는 달빛 아래에서 구슬피 울고 있다.

“아아… 아흑!”

“아잉… 거… 거기는 안 돼요.”

서호 변 갈대숲 속에서 온갖 소리들이 쏟아져 나왔다. 그리고 그 소리들의 공통점은 모두 여자가 내는 달콤한 교성이라는 사실이다.

지금은 늦여름이다. 서호 변 갈대숲 속은 가난한 연인이거나 불륜을 저지르는 남녀가 즐겨 찾는 곳이다.

모르긴 해도 만약 갈대밭에 불을 지른다면 족히 백여 쌍 이상의 남녀들이 무언가를 하다가 놀라서 튀어나올 것이다. 물론 벌거벗은 모습으로 말이다.

용비는 눈살을 찌푸렸다. 지름길로 질러서 간다는 생각만 했었지 이곳 갈대숲에서 봄부터 가을까지 늘 이런 쾌락의 합창이 터져 나온다는 사실은 깜빡 잊고 있었다.

사실 남자인 그로서도 이런 소리를 들으면서 지나가야 한다는 것은 정말 견디기 어려운 일이다.

기루의 구석방에서 어린 시절을 보낸 그는 남녀의 정사를 숱하게 봐왔다.

그런 그조차도 저절로 눈살이 찌푸려지는데 하물며 한정인들 오죽하겠는가.

결국 그는 참지 못하고 힐끗 뒤돌아보았다. 역시 한정은 크게 당황해서 어쩔 줄 몰라 하고 있었다.

아니, 용비가 예상했던 것보다 더한 모습이다. 그녀는 얼굴이 새빨개져서 두 손으로 귀를 막고 갈대숲 반대쪽으로 얼굴을 돌린 채 당황해서 허둥거렸다. 용비는 그녀의 그런 모습을 처음 보았다.

그녀라고 어찌 갈대숲에서 나는 소리가 남녀가 정사를 하거나 추근거리면서 내는 소리라는 사실을 모르겠는가. 그런 것은 가르쳐 주지 않아도 자연스럽게 알게 되는 것이다.

용비는 이 상황에서 어떻게 해야 좋을지 생각해 보았다. 갈대숲을 벗어나려면 최소한 이각 정도는 더 가야만 한다. 그때까지 계속 이 상태로 가야만 하는 것이다. 그는 자신이 한정을 짐처럼 여기면서도 왜 그녀를 걱정하고 있는지에 대해서는 생각조차 하지 못했다. 그저 이 상황에서 벗어나는 것만 생각했다.

철벅!

"앗!"

그때 한정이 뾰족한 비명을 터뜨렸다. 용비가 뒤돌아보니까 그녀는 진흙 물웅덩이에 주저앉아 있었다. 당황하면서 걷다가 발을 헛디딘 것이다.

아니, 그것뿐만이 아니다. 그녀는 발이 접질려서 오른 발목을 삐고 말았다.

"아……."

한정은 자신이 진흙 물웅덩이에 주저앉아 있는 것이 부끄러워서 급히 일어나려다가 발목에 통증을 느끼며 다시 주저앉고 말았다.

그런데도 그녀는 일어나려고 안간힘을 썼다. 또한 일어나서는 아무렇지도 않은 것처럼 보이려고 애썼다.

하지만 용비는 그녀가 발목을 삐었다는 것을 방금 전에 똑똑히 목격했다.

오지게 발목을 삐었는지 한정은 오른발을 땅에 딛지도 못하고 왼발로는 버티고 서 있었다.

하지만 오른발로 땅을 딛고 있는 척했다. 이제 걷기 시작하면 발목 삔 것을 들킬 텐데도 왜 감추려고 하는지 모를 일이다.

용비는 그녀를 쳐다보며 묵묵히 서 있었다. 그녀는 그의 시선을 마주 쳐다보지 못하고 고개를 숙였다. 발목마저 삐어서 왜 그의 짐이 된 것인지 자신이 원망스러웠다.

그러는 동안에도 갈대숲 속에서는 수십 명 여자의 그 망할 놈의 교성과 신음소리가 현감출두 때 나팔소리처럼 요란하게 계속 들려왔다.

이대로 이곳에 계속 서 있을 수는 없다고 판단한 용비는 이윽고 그녀에게 등을 내보이면서 웅크려 앉았다. 업히라는 뜻이다.

"아… 괜찮아요."

한정은 자신이 용비에게 도움이 되기는커녕 짐이 되는 것이 싫었다.

"걸을 수 있겠소?"

"네……."

용비는 일어나서 어디 걸어보라고 한옆에 비켜섰다.

"걸어보시오."

"아……."

그러나 한정이 한 발도 내딛지 못하고 기우뚱 쓰러지려고 하자 용비가 엉겁결에 두 손을 내밀어 그녀를 안았다.

그런데 묘한 상황이 벌어지고 말았다. 한정의 옆에 서 있던 용비의 한 손이 그녀의 등을, 그리고 다른 손이 그녀의 가슴을 안은 것이다.

아니, 안은 정도가 아니라 커다란 손으로 젖가슴 두 개를 한꺼번에 움켜잡듯이 그러안은 상황이다.

그런데 참으로 이상한 것은, 이런 상황에서는 화닥닥 놀라서 두 사람이 급히 떨어져야 상식이다.

그런데 한정은 놀란 표정으로 굳은 듯이 가만히 있고, 용비는 그녀의 젖가슴을 움켜잡은 채 놀란 표정을 짓고는 있지만 급히 손을 떼지는 않았다.

아마도 그것이 바로 두 사람이 완전한 타인이 아니라는 증거일 것이다.

자의든지 타의든지 최초의 만남에서 용비는 이미 한정의 나신을 봤고 또한 둔부 아래 허벅지의 상처를 치료하는 과정에서 여자로서는 가장 부끄럽고 수치스러운 부위를 자세히 봤다.

그때 한정은 혼절한 상태였지만 나중에 둔부 아래 허벅지 상처가 깔끔하게 치료되어 있는 것을 보고 그런 사실을 유추할 수 있었다.

그리고 두 번째 만남에서는 목욕실에서 막 나온 전라의 한정이 용비를 발견하고 그의 품에 안겼다.

그런 일련의 일들이 지금 같은 상황에서도 두 사람을 다소나마 어색하지 않게 만들어준 것이다.

그렇다고 부부나 오랜 연인처럼 자연스럽다는 뜻은 아니다. 다만 서로의 의식 속에 그런 것들이 자연스럽게 녹아 있으며, 두 사람의 몸이 그것을 기억하고 있다는 뜻이다.

용비가 여자의 젖가슴을 만진 것은 그것도 이렇게 움켜잡고 있는 것은 생전 처음이다.

한정 역시 이런 상황이 익숙할 리가 없다. 가슴은커녕 손끝조차도 외간남자에게 잡혀본 적이 없었다.

그러면서 그 순간 그녀는 자신이 부끄러워하거나 과민반응을 보이면 용비가 당황할 것이라는 생각이 들었다. 그래서 되도록 놀란 내색을 하지 않으려고 애썼다.

그녀는 자신이 온전히 용비의 것이라고 이미 오래전부터 생각했다.

용비가 아무리 비천한 신분이더라도, 아무리 험난한 길을 가더라도 웃으면서 그림자처럼 함께 가리라고 맹세했다.

그러므로 이런 것쯤은 별것 아니라고 스스로에게 주의를 주었다.

그래서 이보다 더한 것이라도 기꺼이 웃으면서 감내할 수 있다고 다시 한 번 믿음을 굳혔다.

용비는 관도를 바람처럼, 아니, 한 마리 호랑이처럼 질주하고 있었다. 대신에게 배운 호주다.

그의 등에는 한정이 업혀 있다. 서호 변에서는 그녀를 치료하는 것이 여의치 않아서 그녀를 업고 서호 변을 벗어나서 삔 발목을 치료해 주었다.

하지만 그렇다고 해서 금세 걸을 수 있는 것이 아니다. 발목이 부어 있고 땅을 디디면 시큰거렸다. 그래서 그가 그녀를 업고 그때부터 줄곧 달리는 중이다.

그때 이후 두 사람은 입을 다물고 있다. 용비에게 업힌 한정은 가슴과 몸의 앞면이 그의 등에 한 몸처럼 밀착되어 있는 상태다.

뿐만 아니라 용비의 커다란 두 손은 그녀의 아담하지만 풍만한 둔부를 받치고 있었다.

남자가 여자를 업는 행위는 그야말로 민감하기 짝이 없다. 그 행위 하나만으로 남녀가 자연스럽게 한 몸처럼 될 수 있기 때문이다.

한정은 가슴만이 아니라 다리를 한껏 벌리고 있기 때문에 소중한 부위까지 용비의 등허리에 적나라하게 밀착되어 있는 상태다.

그러지 않으려고 둔부를 뒤로 뺀다면 그것이야말로 더 어색한 상황을 초래하는 일이다.

그러면 그녀의 둔부를 받치고 있는 용비의 손이 은밀한 부위를 만지게 될 것이기 때문이다.

아니, 그렇지 않다고 하더라도 다른 이유도 있다. 한정이 그것을 의식하고 있다는 사실이 발각될 것이기 때문이다. 지금은 그저 자연스럽게 아무것도 모르는 체 가만히 있는 것이 상책이다.

하지만 솔직히 한정은 부끄러운 중에도 더없이 행복을 맛보고 있다.

아직 사랑하지는 않지만, 사랑하기로 맹세한 남자의 등에 업혀 있다는 사실 때문이다.

미령은 주루에 혼자 시름없이 앉아 있었다.

그녀는 병약한 모습이 아니고 또한 칠십대 노파의 모습도 아니다. 한정과 수진랑이 자주 들러서 그녀에게 진기를 주입시키고, 치료를 해준 덕분이다.

하지만 아직 완전히 회복되지는 않아서 오십대로 보였으며 몸도 매우 수척했다.

그러나 무엇보다도 큰 것은 마음의 상처다. 아무리 꾸짖고 짓밟으면서 욕을 해도 죽을 때까지 곁에 있어줄 줄 알았던 용비의 실종은 그녀를 절망의 구렁텅이로 빠트렸다.

　만약 한정과 수진랑이 아니었으면 그녀는 어쩌면 이미 죽은 목숨인지도 모른다.

　그 정도로 두 여자의 힘은 절망에 빠진 미령에게는 절대적이었다.

　주루에는 손님이 한 명도 없었다. 손님들은 노파로 변한 미령을 더 이상 보러 오지 않았다.

　또한 그녀는 예전처럼 남자 손님들과 어울려서 시시덕거리며 헤프게 술을 마시지도 않았다. 그러므로 손님들의 발길은 자연적으로 끊어졌다.

　그런데도 미령은 힘을 내서 자리를 털고 일어나 주루의 문을 열었다.

　장사가 되지 않아서 주방장도 점소이도 내보내고 혼자서 텅 빈 주루를 지키고 있다.

　어두컴컴한 주루 안의 어느 탁자 앞에 혼자 앉아 있는 미령은 물끄러미 맞은편 벽을 쳐다보고 있었다.

　벽에는 아무것도 없다. 그녀는 단지 공허한 자신의 과거를 돌아보며 되씹고 있는 것이다.

　지금 돌이키는 과거는 화려했던 기녀 미령이 아니라, 그 생활의 음습한 뒤안길과 그것의 잉여들이다. 그것이 그녀를 슬프게 만들었다.

　차륵.

그때 주루의 문이 열리고 주렴 흔들리는 소리가 나면서 용비가 안으로 들어섰다.

그는 텅 빈 어두운 주루에 혼자 앉아 있는 어머니를 발견하고 가슴이 미어지는 슬픔과 답답함을 느꼈다.

지금 그가 보고 있는 어머니는 평소의 모습이 아니다. 그는 어머니를 보고 있는 것이 아니라 한 덩어리의 절망을 보고 있는 듯한 착각마저 느꼈다.

또한 그것이 전부 자신의 탓이라는 생각이 들자 죄스러워서 죽고 싶은 마음이 들었다.

미령은 주렴 소리가 나자 아무것도 떠올라 있지 않은 허망한 얼굴로 돌아보았다.

그러다가 거기에 서 있는 용비를 발견하고 후드득 세차게 몸을 떨었다.

"어머니……."

"이 애비 없는 후레자식아! 어딜 쳐 돌아다니다가 이제야 기어들어 오는 게냐?"

하지만 미령이 평소의 모습으로 되돌아가는 데에는 채 세 호흡도 걸리지 않았다.

용비는 평소와 다름없는 어머니의 욕설을 들으니까 마음이 편안해졌다.

미령은 일어나서 용비에게 다가오며 악다구니를 썼다.

“이 쳐 죽일 놈아! 어째서 기어들어 왔느냐? 내가 죽었는지 확인하고 시체 치우려고 왔느냐? 오냐! 그렇구나! 그러나 내가 죽지 않아서 정말 미안하다! 이제 내가 눈 시퍼렇게 뜨고 살아 있는 것을 확인했으니까 또 사라져라! 너 가고 싶은 데 마음대로 가버려!”

“어머니…….”

차륵.

그때 주렴이 걷히면서 한정이 들어서자 그녀를 발견한 미령은 화들짝 놀랐다.

그녀는 한정에게 보일 듯 말 듯 흐릿한 미소를 지어 보이고는 다시 용비에게 악을 썼다.

“밥은 처먹고 다니는 거냐? 저녁밥 먹었어?”

“아직 못 먹었어요. 어머님.”

용비가 먹었다고 대답하려는데 한정이 그의 옆에 나란히 서며 살포시 미소 지었다.

미령이 주방에서 요리를 하는 동안 용비와 한정은 주루의 탁자에 마주 앉아서 기다리고 있었다.

사실 용비는 어머니 미령이 해주는 식사를 한 번도 먹어본 적이 없었다.

어머니가 기루에서 허드렛일을 하던 시기에는 기녀들이나

주방의 찬모들이 그를 거두어 먹였었고, 조금 철이 들어서는 용비 자신이 이것저것 알아서 찾아 먹었다.

그리고 천추문에 들어가서는 그곳 주방에서 지연화가 챙겨주는 밥을 먹었다.

때로 식사를 거른 날에는 참고 자거나 미령루의 주방장이 만든 요리를 자기 방으로 가져가서 먹었다.

미령은 간소하지만 한눈에도 정성껏 만들었다는 사실을 알 수 있을 것 같은 몇 가지 요리를 탁자에 차렸다.

그리고는 용비와 한정 사이 옆쪽에 앉아서 말없이 주섬주섬 용비가 먹기 편하도록 요리를 그의 앞에 놓아주었다. 그러면서도 한정은 전혀 신경 쓰지 않았다.

그래도 한정은 좋았다. 미령이 자신에게 해주는 것보다 아들을 위하는 모습이 정말 보기에 좋아서 가슴이 벅찼다.

그러고 나서 미령은 또 독설을 퍼부었다.

"왜 안 먹느냐? 네놈 죽이려고 독이라도 탔을까 봐 그러느냐? 소문주만 아니었으면 그랬을 텐데 나도 그게 아쉽다! 그러니까 안심하고 처먹어라!"

용비는 젓가락을 들고 미령이 밀어놓아 준 요리를 집으려는데 갑자기 눈시울이 뜨거워졌다.

철석간담의 용비지만 어머니 앞에서는 그저 철없는 하나의 아들일 뿐이다.

그는 결우당에서 식사를 했기 때문에 배가 부르지만 꾸역
꾸역 맛있게 먹었다.

지금 그가 먹고 있는 것은 그저 평범한 요리가 아니다. 그
것은 그가 생전 처음 느끼는 어머니의 사랑이고 또한 피눈물
이다.

한동안 두 사람이 묵묵히 식사를 하고 있는데 미령이 차분
한 목소리로 말했다.

"네놈이 없는 동안 소문주하고 수진랑 소저가 나를 돌봐주
지 않았으면 나는 이미 죽음 목숨이다."

전혀 몰랐던 사실에 용비는 깜짝 놀라 한정을 쳐다보았다.
한정은 부끄러운 듯 얼굴을 붉히며 살포시 고개를 숙였다.

용비는 모든 것을 다 떠나서 한정에게 너무나 고마움을 느
꼈다.

그것으로써 자신이 그녀를 구해준 빚을 다 갚고도 남았다
는 생각이 들 정도다.

미령은 손을 뻗어 한정의 손을 잡고서 용비를 바라보았
다.

"내 말 잘 들어라."

용비는 젓가락을 멈추고 그녀를 쳐다보다가 가볍게 놀라
는 표정을 지었다.

용비로서는 한 번도 본 적이 없는 매우 진지하고 엄숙한 표

정을 어머니가 짓고 있었기 때문이다.

그런 얼굴로 미령은 한 자 한 자 또렷하게 말했다.

"소문주 울리면 너는 내 손에 맞아죽을 줄 알아라."

"어머니……."

용비가 자기하고 한정은 그런 사이가 아니라고 말하려는데 미령이 더 엄한 표정을 지었다.

"내 말 끝까지 들어라."

용비는 젓가락을 내려놓고 두 손을 무릎에 모았다.

"누가 내게 너희의 관계에 대해서 한마디도 해준 적이 없지만 나는 알 수 있다. 여자가 그토록 정성껏 누군가의 어미를 보살핀다면 그 이유는 하나뿐이다."

미령에게 손이 잡힌 한정은 눈물이 솟구쳤다.

"다시 말하지만, 소문주를 울리면 너도 죽고 나도 죽을 줄 알아라."

용비가 묵묵히 있자 미령은 약간 언성을 높였다.

"왜 대답하지 않느냐?"

용비는 미령을 물끄러미 바라보았다. 그는 어머니의 이런 진지한 모습을 생전 처음 보았다. 그리고 그녀가 어째서 이토록 진지한지 그 이유도 알고 있다. 그는 고개를 숙이며 공손히 대답했다.

"알겠습니다. 어머니."

“됐다. 어서 밥 먹어라.”

한정은 어깨를 들먹이며 소리없이 흐느껴 울었다.

*　　　*　　　*

약속한 비무 날이다.

항주 성내 외곽의 어느 무도관 전문 앞에 흑룡가인 반아미가 나타났다.

오늘은 무도관이 쉬는 날이다. 그것을 용비네가 얼마의 돈을 주고 통째로 빌렸다.

쿵쿵쿵!

반아미가 전문을 두드리자 잠시 후 화려한 경장을 입은 수진랑이 전문을 열어주었다.

반아미는 오만하게 턱으로 수진랑을 가리켰다.

“당신이 내게 비무를 청했나요?”

“아니오. 비무 상대는 안에서 기다리고 있소.”

수진랑은 남자처럼 무뚝뚝한 목소리와 억양으로 대답했다.

반아미는 슬쩍 아미를 찌푸렸다. 비무 상대가 직접 마중을 하지 않았기 때문에 기분이 조금 상한 것이다.

“그는 누구죠?”

　　수진랑은 몸을 돌려 마당을 가로질러 걸어가며 태연하게
대답했다.

　　“그의 별호는 만능서생(萬能書生)이라고 하오.”

　　반아미는 한 번도 들어본 적이 없는 그 별호를 입속으로 되
뇌었다.

　　“만능서생?”

『만능서생』 3권에 계속…

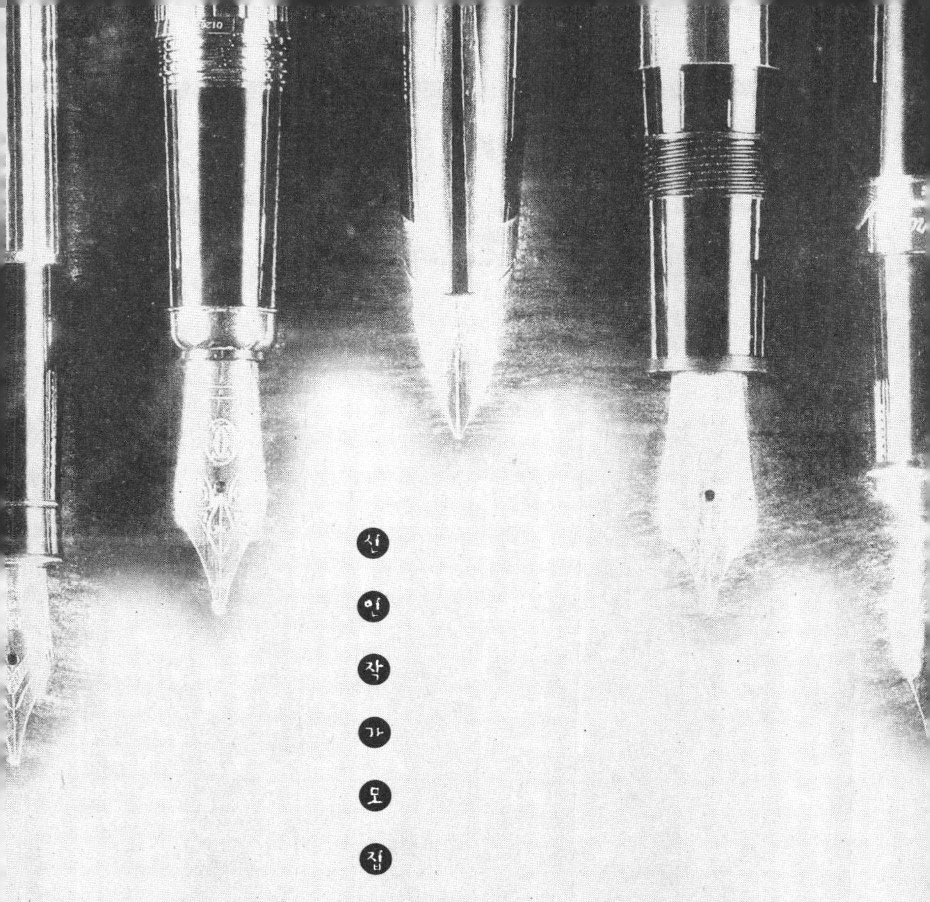

신

인

작

가

모

집

시작이 반이라고 했습니다.
작가의 길에 대한 보이지 않는 벽을 과감히 깨뜨리십시오!
청어람은 작가 지망생 여러분들의
멋진 방향타가 되어드리겠습니다.

저희 도서출판 청어람에서는
소설 신인 작가분들을 모집합니다.
판타지와 무협을 사랑하시는 분들의 많은 참여를 바랍니다.
소정의 원고(A4용지 150매)를 메일이나 우편으로 보내주시면
검토 후 출판 여부를 알려드리겠습니다.

주소:경기도 부천시 원미구 심곡2동 163-2 서경B/D 2F 우편번호 420-822
TEL:032-656-4452 · FAX:032-656-4453
http://www.chungeoram.com
e-mail:chungeoram@chungeoram.com

道涯仙詩

Lord of MAGIC TOWER

마탑의 영주

유왕 퓨전 판타지 소설

최대 장르 사이트 문피아 선호작 베스트!
작가 유왕이 그려내고,
청어람이 펼쳐내는 신마법의 세계!

『마탑의 영주』

마법이 사라지고,
드래곤은 환상 속의 신화가 되어버린 세계.
누구도 그 흔적을 알지 못하는 세계.

"마법이 사라졌다고? 누가 그래? 내가 있는데!"

위대한 마법사이자 마지막 마법사인
스승의 진전을 이은 카르!
황폐해진 영지를 되찾고, 마법사들의 꿈인 마탑을 세워라!
세상에 오직 하나뿐인 새로운 마법의 시대를 여는
독보가 펼쳐진다!

Book Publishing CHUNGEORAM

TURNING POINT

훌로선별 장편 소설

영빈!
동정의 몸이 되어
20년 전으로 회귀하다!!

나이 서른아홉 모든 것을 잃고 한강 다리 위에 올랐다.
검푸르게 넘실거리는 깊은 물을 대면한 순간.

운.명.은 이루어졌다!

정령의 힘으로 결의한 지금
새로운 인생의 전환점을 넘어 미래가 펼쳐진다!

『터닝 포인트』

훌로선별 작가의 새로운 도전이 펼쳐진다!

LEGEND OF SWORD EMPEROR

검황전설

미르나래 판타지 장편 소설

2012년, 판타지가 또 한 번 깨어난다.
지금껏 보지 못한 격정과 치열함의 드라마!

『검황전설』

검의 극. 검이 태어나기 전의 장소.
그곳에 도달한 자를 '검의 황제'라 부른다.

괴롭힘 당하던 나약함을 벗고
치우천왕의 능력을 받아
오롯하게 검의 길을 향해 달려가는 아리안!

검의 극을 이룬 자, 검황이라 불릴
아리안이 이끄는 그 전설에서
눈을 떼지 말라!